EX LIBRIS

Aus der Bibliothek von:

Die drei !!!

Die drei !!!

Maja von Vogel

Die drei !!!

Flammen in der Nacht

Kosmos

Umschlagillustration von Ina Biber, Gilching
Umschlaggestaltung von Friedhelm Steinen-Broo, eSTUDIO CALAMAR

Weitere Bände dieser Reihe siehe S. 145

FSC
www.fsc.org
MIX
Papier aus verantwortungsvollen Quellen
FSC® C014496

Gedruckt auf chlorfrei gebleichtem Papier

ISBN 978-3-440-15258-4
Redaktion: Natalie Friedrich
Produktion: DOPPELPUNKT, Stuttgart
Druck und Bindung: GGP Media GmbH, Pößneck
Printed in Germany / Imprimé en Allemagne

Die drei !!!

Flammen in der Nacht

Neue Nachbarn

Feiner Nebel lag über den abgeernteten Feldern. Es war dunkel und kalt. Irgendwo bellte ein Hund. Am Ende des holperigen Feldweges hüpfte ein Lichtschein über den gefrorenen Boden. Er gehörte zu einem Fahrrad, das langsam näher kam. Das linke Pedal quietschte und vertrocknetes Laub raschelte unter den Reifen. Das Mädchen auf dem Rad summte leise vor sich hin.

Bunt sind schon die Wälder, gelb die Stoppelfelder …

Das Mädchen hieß Ella und war unterwegs zur Chorprobe. Ella wusste nicht, dass sie das Gemeindehaus nie erreichen würde. Denn hinter der nächsten Kurve lauerte das Böse in Form von … in Form von …

»Kim?«

In Form von was?

»KIM!«

Die Szene in Kims Kopf löste sich auf wie der Nebel auf den Feldern, den sie sich gerade ausgedacht hatte. Sie blinzelte verwirrt. »Wie bitte?«

»Ich hab dich gefragt, ob du noch ein Brötchen möchtest.« Frau Jülich hielt ihrer Tochter den Brotkorb hin. »Wo bist du nur mit deinen Gedanken?«

»Mir ist bloß gerade etwas eingefallen.« Kim griff nach dem letzten Mohnbrötchen und nahm sich vor, ihre Idee gleich nach dem Abendessen aufzuschreiben, ehe sie sie wieder vergaß. Die Szene gefiel ihr richtig gut. Die Frage war nur, wer der armen Ella im Gebüsch auflauerte. Ein verrückter Mör-

der? Ein ausgebrochener Sträfling? Ein Werwolf? Oder ein Entführer, der Lösegeld erpressen wollte?
Kim liebte Krimis. Je spannender, desto besser. Sie verschlang nicht nur jeden Thriller, den sie in die Finger bekam, sondern schrieb auch selbst Krimi-Kurzgeschichten. Es machte ihr wahnsinnigen Spaß, sich verzwickte Verbrechen auszudenken und ihre Figuren in unheimliche Situationen zu bringen, aus denen es kein Entkommen gab.
Während Kim überlegte, wie alt Ella war und wie sie aussehen könnte, griff sie nach der Salami und schnitt sich ein dickes Stück ab. Sofort tauchte eine feuchte Hundeschnauze unter dem Tisch auf und stupste Kim auffordernd an.
»Du sollst nicht betteln, Pablo«, sagte Frau Jülich streng. Sie schüttelte den Kopf. »Dieser Hund treibt mich noch in den Wahnsinn! Vorhin hat er sich eins der Wiener Würstchen geschnappt, die ich gerade eingekauft hatte.«
»Selbst schuld, wenn du sie auf dem Küchentisch liegen lässt«, sagte Ben ungerührt.
»Pablo ist eben total schlau«, fügte Lukas hinzu. »Er weiß genau, wo es was zu holen gibt.«
Kims zehnjährige Zwillingsbrüder liebten den lebhaften Spaniel-Mischling heiß und innig. Sie tobten stundenlang mit ihm im Garten herum oder brachten ihm irgendwelche Kunststücke bei. Das Gassigehen fanden sie allerdings sterbenslangweilig, sodass es häufig an Kim hängen blieb. Erst hatte sie die Runden mit Pablo ziemlich nervig gefunden, doch seit sie festgestellt hatte, dass ihr auf den Spaziergängen oft die besten Ideen für neue Geschichten kamen, ging sie richtig gerne mit dem Hund raus.

»Unser lieber Nachbar Herr Poschke hat sich mal wieder beschwert«, berichtete Herr Jülich. »Pablo ist über den Zaun gesprungen und hat in sein Blumenbeet gemacht.«
»Na und? Ist doch prima Dünger«, sagte Ben.
»Außerdem meckert der Poschke sowieso immer nur rum, ganz egal, was wir tun«, behauptete Lukas.
»Das stimmt nicht.« Kim nutzte den Moment, in dem ihre Mutter Butter auf ihr Brötchen schmierte, und ließ unauffällig eine Salamischeibe unter den Tisch fallen, die Pablo sofort verschlang. »In letzter Zeit war er viel freundlicher als sonst. Manchmal spendiert er Pablo sogar ein Hunde-Leckerli.«
»Herr Poschke bemüht sich seit einer Weile wirklich um gute Nachbarschaft«, bestätigte ihre Mutter. »Umso wichtiger, dass ihr zwei gut auf Pablo aufpasst und Herrn Poschke keinen Anlass zur Klage gebt.« Sie sah die Zwillinge scharf an.
Ben und Lukas verdrehten die Augen.
»Ja, ja, schon gut«, murmelte Ben.
»Übrigens ist unser anderes Nachbarhaus wieder bewohnt«, erzählte Herr Jülich und griff nach dem Gouda.
»Echt? Hab ich gar nicht mitbekommen.« Kim biss in ihr Salami-Brötchen. Das angrenzende Reihenhaus hatte eine Weile leer gestanden, nachdem die alte Dame, die dort über vierzig Jahre gelebt hatte, zu ihrer Tochter gezogen war.
»Die Stadt hat das Haus gemietet.« Herr Jülich belegte sein Brötchen mit Käse, nahm sich eine Tomate und viertelte sie. »Das Jugendamt hat dort eine Unterkunft für minderjährige unbegleitete Flüchtlinge eingerichtet.«
»Minderjährige was?«, nuschelte Kim mit vollem Mund, was ihr einen strafenden Blick ihrer Mutter eintrug.

»Minderjährige unbegleitete Flüchtlinge«, wiederholte ihr Vater. »Das sind Kinder und Jugendliche unter achtzehn Jahren, die ohne ihre Eltern aus ihrer Heimat geflohen sind.«

»Warum denn?«, fragte Ben.

»Weil in ihren Heimatländern Krieg herrscht oder die Menschen dort sehr arm sind und nicht genug zu essen haben«, erklärte Frau Jülich. »Deshalb fliehen sie zu uns nach Europa.«

»Und weshalb kommen die Eltern nicht mit?«, wollte Lukas wissen.

»Dafür gibt es viele Gründe«, sagte Herr Jülich. »Manchmal sind die Eltern im Krieg gestorben. Oder die Familien haben nicht genug Geld, um gemeinsam zu fliehen, und schicken ihre Kinder alleine los.«

»Es kommt auch vor, dass die Kinder ihre Eltern auf der Flucht verlieren«, ergänzte Frau Jülich.

»Krass!«, stellte Ben fest.

»Wenn es bei uns Krieg gibt, müssen wir dann auch fliehen?«, fragte Lukas ungewöhnlich ernst.

»Bei uns gibt es keinen Krieg, mein Schatz«, beruhigte ihn Frau Jülich.

»Und wenn doch? Können wir dann unsere Spielsachen mitnehmen?«, wollte Ben wissen.

»Also, unser Fußball muss auf jeden Fall mit«, sagte Lukas. »Ist schließlich ein offizieller Bundesliga-Spielball.«

»Und die Torwarthandschuhe, das Fußball-Sticker-Album, das Spiderman-Kostüm und das ferngesteuerte Rennboot«, zählte Ben auf.

»Und Pablo natürlich!« Lukas streichelte den Hund, der an

Kims Bein schnupperte und auf eine weitere Wurstscheibe wartete.
Herr Jülich lachte. »Ich fürchte, dann brauchen wir einen Lieferwagen.«
»Aber was machen wir mit unserem Auto?«, fragte Ben. »Lassen wir das hier?«
»Und wer kümmert sich um unser Haus, wenn wir nicht mehr da sind?«, erkundigte sich Lukas.
Frau Jülich seufzte. »Ihr braucht euch wirklich keine Sorgen zu machen. Zum Glück herrscht in Deutschland seit über siebzig Jahren Frieden und das wird hoffentlich auch noch lange so bleiben.«
»Eigentlich ist es ziemlich ungerecht, dass so viel davon abhängt, wo man auf die Welt kommt«, sagte Kim nachdenklich. »Wenn wir in Syrien geboren worden wären, müssten wir jetzt auch fliehen. Stattdessen leben wir hier in einem schönen Haus, können zur Schule gehen und haben genug zu essen.«
»Auf die Schule könnte ich gut verzichten.« Lukas verzog das Gesicht.
»Aber auf das Essen nicht!« Ben stopfte sich eine Salamischeibe in den Mund. Pablo ließ ihn nicht aus den Augen und leckte sich hungrig über das Maul.
»Was passiert denn mit den Flüchtlingskindern, wenn sie es bis nach Deutschland geschafft haben?«, fragte Kim.
»Sie werden vom Jugendamt in Obhut genommen und in einem Kinderheim, einer Wohngruppe oder bei Pflegefamilien untergebracht.« Herr Jülich salzte seine Tomate und steckte sich ein Viertel in den Mund. »Nebenan soll eine

Wohngruppe für bis zu zwölf Kinder und Jugendliche entstehen. Ich hab heute vor dem Haus einen der Sozialarbeiter getroffen, die die Kinder betreuen, und mich ein bisschen mit ihm unterhalten.« Er runzelte die Stirn. »Herr Poschke kam auch dazu. Er schien nicht gerade begeistert zu sein, dass Flüchtlinge in unsere Straße ziehen.«
»Wieso?«, fragte Kim. »Was hat er denn dagegen?«
»Gute Frage.« Herr Jülich überlegte kurz. »Manche Menschen haben leider Vorurteile gegenüber Flüchtlingen. Sie fürchten, sie könnten uns die Arbeitsplätze wegnehmen oder sich auf unsere Kosten ein schönes Leben machen.«
»Wie gemein!« Kim schüttelte den Kopf. »Was können die Kinder dafür, dass in ihrer Heimat Krieg herrscht und sie fliehen mussten?«
»Gar nichts«, sagte ihre Mutter. »Deshalb sollten wir sie auch freundlich empfangen und ihnen helfen, sich möglichst schnell bei uns einzuleben. Was haltet ihr davon, wenn wir unseren neuen Nachbarn zur Begrüßung einen Kuchen backen?«
»Super Idee!« Kim nickte begeistert. »Am besten gleich morgen. Franzi und Marie kommen nach der Schule vorbei, dann können wir den Kuchen persönlich nach nebenan bringen.«
»Habt ihr ein Detektivclub-Treffen?«, fragte Ben.
»Ermittelt ihr gerade in einem neuen Fall?«, wollte Lukas wissen. »Erzähl mal!«
Dass Kim, Franzi und Marie mit ihrem Detektivclub *Die drei !!!* schon viele Verbrechen aufgeklärt hatten, war längst kein Geheimnis mehr. Trotzdem achteten die Detektivin-

nen darauf, keine Einzelheiten ihrer Ermittlungen auszuplaudern. Im Moment gab es allerdings nicht viel zu verraten, weil der Club arbeitslos war. Seit sie im Sommer in eine spannende Schatzsuche verwickelt gewesen waren, hatten *Die drei !!!* keinen Fall mehr gehabt. Doch das brauchte Kim ihren Brüdern ja nicht auf die Nase zu binden.
»Seid nicht so neugierig«, sagte sie deshalb nur. »Unser Club geht euch gar nichts an.«
Die Zwillinge streckten ihr die Zunge raus, aber Kim tat ihnen nicht den Gefallen, sich darüber zu ärgern. Sie blieb völlig gelassen, prostete ihnen mit ihrem Wasserglas zu und trank einen großen Schluck. Augenblicklich verloren Ben und Lukas das Interesse an weiteren Nerv-Attacken und begannen, sich um das letzte Sesambrötchen zu streiten. Kim grinste in sich hinein. Wie schön, dass die Reaktion ihrer Brüder so wunderbar vorhersehbar war!

Haus Heimathafen

»Welches Haus ist es?«, fragte Franzi.

»Direkt nebenan.« Kim nickte zu einem weiß verputzten Reihenhaus mit dunkelbrauner Holztür hinüber. Der Vorgarten sah ziemlich verwildert aus und war voller Herbstlaub. Auch die Hecke hätte dringend mal wieder geschnitten werden müssen. Als die alte Frau Hopp noch dort gewohnt hatte, waren Beete und Rasen immer tipptopp gepflegt gewesen. Aber seit sie weggezogen war, hatte sich niemand mehr um den Garten gekümmert.

Kim hielt die mit Alufolie abgedeckte Kuchenplatte vorsichtig in beiden Händen, während sie die wenigen Schritte zum Nachbarhaus lief. Franzi und Marie waren sofort einverstanden gewesen, Kims neuen Nachbarn den Schokoladenkuchen zu bringen, den Herr Jülich am Vormittag gebacken hatte. Kims Vater hatte sich vor einer Weile mit einer kleinen Kuckucksuhren-Manufaktur selbstständig gemacht und kümmerte sich außerdem zu großen Teilen um den Haushalt, weil Kims Mutter als Rektorin einer Grundschule sehr eingespannt war.

»Hoffentlich ist jemand zu Hause.« Marie hielt Kim die Gartenpforte auf.

Welke Blätter raschelten unter Kims Füßen und erinnerten sie an den Beginn der Geschichte, die sie sich gestern ausgedacht hatte. Nach dem Abendessen hatte sie sich sofort an den Computer gesetzt und angefangen zu tippen. Die Wörter waren fast wie von selbst in die Tastatur geflossen, und als sie das nächste Mal auf die Uhr geschaut hatte, war es schon halb zehn gewesen und sie hatte beinahe sechs Seiten geschrieben. Wenn es doch nur immer so gut laufen würde!

Vor der Haustür blieben die Detektivinnen stehen. Kim erblickte ein kleines Schild, auf dem *Haus Heimathafen* stand. Ein schöner Name! Franzi klingelte. Kurze Zeit später waren Schritte zu hören und die Tür wurde geöffnet.

»Ja, bitte?«, fragte eine zierliche Frau mit locker aufgesteckten braunen Haaren und einer großen Brille auf der Nase.

»Hallo, ich bin Kim Jülich«, stellte sich Kim vor. »Ich wohne mit meiner Familie nebenan. Das sind meine Freundinnen Franziska Winkler und Marie Grevenbroich. Wir möchten Sie bei uns in der Straße herzlich willkommen heißen.« Sie reichte der Frau die Platte. »Ich hoffe, Sie mögen Schokoladenkuchen.«

»Danke!« Die Frau lüftete die Alufolie und schnupperte. »Das riecht ja köstlich! Wollt ihr nicht reinkommen? Dann können wir den Kuchen gleich anschneiden.«

Kim nickte eifrig. »Gerne!« Sie liebte Schokolade und Süßes über alles und hatte schon heftig bedauert, dass ihr Vater nicht gleich einen Kuchen für sie mitgebacken hatte.

»Ich heiße übrigens Sabine Tophoven und betreue zusammen mit meinem Kollegen Falk Biedermann diese Wohngruppe. Ihr könnt mich ruhig duzen.« Sie führte die drei !!! durch einen schmalen Flur in eine geräumige, helle Küche. »Entschuldigt bitte die Unordnung, aber wir haben noch nicht alles ausgepackt.« Sie deutete auf ein paar aufgerissene Kartons in der Ecke. Auf der Arbeitsfläche stapelte sich in Zeitungspapier gewickeltes Geschirr. An einem großen Holz-

tisch vor dem Fenster saßen zwei etwa neun- und dreizehnjährige Jungen und machten Hausaufgaben.
»Das sind Khaleed und Ahmed«, sagte Sabine.
»Hallo, wie geht's?«, fragte Marie.
Die Jungs sahen von ihren Heften auf.
»Hello«, erwiderte der ältere, den Sabine als Ahmed vorgestellt hatte.
»Die zwei sprechen noch nicht so gut Deutsch«, erklärte Sabine. »Aber wenn sie weiter so fleißig lernen, werden sie es bestimmt bald können.« Sie schenkte den Jungs ein warmes Lächeln.
»Where do you come from?«, versuchte Kim es auf Englisch.
»Somalia«, antwortete Khaleed und kratzte sich mit dem Bleistift zwischen den schwarzen, krausen Locken. Sein verschmitztes Grinsen erinnerte Kim an die Zwillinge. Sie hätte schwören können, dass er es genauso faustdick hinter den Ohren hatte wie ihre Brüder.
»Syria«, sagte Ahmed. Er hatte sanfte braune Augen, über denen sich dicke schwarze Brauen wölbten.
»Jetzt gibt es erst mal eine kleine Stärkung!« Sabine schob die Hefte und Bücher zur Seite und stellte den Schokoladenkuchen auf den Tisch. »Ich sage nur schnell den anderen Bescheid.«
Kurze Zeit später waren alle um den großen Küchentisch versammelt. Neben den drei !!!, Khaleed und Ahmed hatten noch der sechzehnjährige David aus Sierra Leone und ein vierzehnjähriges Mädchen namens Aveen Platz genommen. Sie kam wie Ahmed aus Syrien.
»Die Wohngruppe ist noch nicht voll besetzt, aber es wird

sicher nicht mehr lange dauern, bis wir komplett sind.« Sabine verteilte den Kuchen und bald war nur noch das Klappern der Gabeln zu hören. Kim schob sich einen großen Bissen Schokokuchen in den Mund. Ihr Vater hatte sich mal wieder selbst übertroffen. Mit jedem Kuchen, den er backte, wurde er besser. Wenn das so weiterging, konnte er bald Frau Winkler Konkurrenz machen. Franzis Mutter war mit ihrem Backservice sehr erfolgreich und dachte sogar darüber nach, ein eigenes Café zu eröffnen.
»Schmeckt toll«, lobte Sabine. »Richte deinen Eltern bitte unseren herzlichen Dank für den netten Empfang aus.«
»Das ist doch selbstverständlich«, sagte Kim.
Sabine seufzte. »Nein, ist es leider nicht. Wir haben schon ganz andere Sachen erlebt.« Sie spießte ein Kuchenstück auf ihre Gabel, ohne weiter ins Detail zu gehen.
Kim saß neben Aveen. Das Mädchen aß langsam und kaute jeden Bissen gründlich. Ihre langen, leicht gewellten dunklen Haare fielen wie ein Vorhang vor ihr Gesicht. Sie schien Kims Blick zu spüren und sah auf.
»Ist sehr gut.« Aveen zeigte auf ihren Teller. »Danke schön.«
»Gern geschehen.« Kim lächelte. »Bist du schon länger in Deutschland?«
»Seit drei Monaten.« Aveen strich sich die Haare hinter das Ohr. »Deutschland viel gut.«
»Du sprichst ja schon prima Deutsch«, stellte Franzi fest.
»Nur ein bisschen.« Aveen legte die Gabel neben ihren Teller. »Ich muss noch viel lernen.«
»Aveen ist immer so bescheiden«, sagte Sabine. »Dabei ist sie ein echtes Sprachentalent. Sie besucht seit zwei Monaten ei-

ne Sprachlernklasse und hat in dieser Zeit riesige Fortschritte gemacht. Wenn es so weitergeht, kann sie bald in eine normale Schulklasse wechseln.«

Aveen starrte auf ihren Teller und ließ die Haare wieder vor ihr Gesicht fallen. Es schien ihr peinlich zu sein, vor allen anderen gelobt zu werden. Kim konnte das gut verstehen. Sie stand auch nicht gerne im Mittelpunkt.

»Was macht ihr hier denn so den ganzen Tag?«, fragte Marie.

»Deutsch lernen in Sprachlernklasse, Hausaufgaben, essen, schlafen«, zählte Aveen auf.

»Und sonst?«, hakte Franzi nach. »Was habt ihr für Hobbys?«

»Hobbys?« Aveen schien das Wort nicht zu kennen.

»Was macht ihr gerne?«, formulierte Kim die Frage um. »Wobei habt ihr Spaß?«

»Spaß?« Aveen überlegte. »Lesen. Und kochen. Ich viel kochen.«

»Das stimmt«, bestätigte Sabine. »Aveen hat sich gestern freiwillig zum Kochdienst gemeldet. Wir wechseln uns hier mit den Haushaltspflichten ab. Es gibt einen Plan, auf dem steht, wer an welchem Tag mit Kochen, Tischdecken und -abräumen, Putzen und Müllrausbringen dran ist. Einige versuchen zwar manchmal, sich zu drücken«, sie warf einen Blick zu Khaleed hinüber, der so tat, als würde er kein Wort verstehen, »aber das wird sich schon noch einspielen.«

»Ich lese auch gern«, sagte Kim. »Am liebsten Krimis. Welche Bücher magst du?«

Aveen zuckte mit den Schultern. »Alle. Bücher über Liebe, Freunde oder Tiere. Aber hier haben wir keine Bücher. Nur

Zeitung. Oder Deutschbuch.« Sie zeigte auf die Schulbücher auf dem Tisch.

»Ich könnte dir ein paar Bücher leihen«, bot Kim an. »Dann lernst du bestimmt noch schneller Deutsch. Vielleicht hab ich sogar Tiergeschichten oder einen Liebesroman. Wenn nicht, kriegst du einfach meine Lieblingskrimis.«

»Leider fehlt es uns noch an vielen Dingen.« Sabine hatte ihren Kuchen aufgegessen und schob den leeren Teller zur Seite. »Die Kinder brauchen zum Beispiel dringend Hefte und Schreibzeug für den Deutschunterricht. Die meisten Flüchtlinge haben ja nur die Kleider, die sie am Leib tragen, wenn sie hier ankommen. Jetzt, wo der Winter vor der Tür steht, fehlen uns außerdem warme Jacken und Stiefel. Von Spielsachen und Büchern gar nicht zu reden.«

Die drei !!! schwiegen betroffen. Kim dachte an ihren gut gefüllten Kleiderschrank, das vollgestopfte Bücherregal und das Zimmer der Zwillinge, in dem jede Menge Spielzeug herumflog. Wie würde es sich anfühlen, alles zurücklassen zu müssen? Nicht nur die Klamotten, Bücher und Fotos, auch Verwandte und Freunde? Das war einfach unvorstellbar!

»Wir könnten zu Hause bestimmt etwas aussortieren«, sagte Kim.

»Wir auch«, kam es wie aus einem Mund von Franzi und Marie.

Sabine lächelte. »Das ist sehr nett von euch. Wir sind tatsächlich auf Spenden angewiesen.«

Plötzlich fiel Kim noch etwas ein. »Sag mal, Aveen, hast du vielleicht Lust, am Freitag mit uns ins Jugendzentrum zu gehen? Da gibt es ein Lichterfest.«

»Jugendzentrum?«, fragte Aveen. »Lichterfest? Was ist das?«
»Im Jugendzentrum treffen sich Kinder und Jugendliche, um gemeinsam Zeit zu verbringen«, erklärte Kim. »Im Herbst gibt es dort immer ein Fest mit vielen Lampions und Kerzen, einem Lagerfeuer, Würstchen und Früchtepunsch.«
»Das macht Spaß«, fügte Marie hinzu. »Hast du Lust?«
Aveen zögerte kurz, dann nickte sie.
»Toll!« Kim lächelte. »Wir holen dich am Freitag um fünf Uhr ab.«

Etwas später verabschiedeten sich die drei !!!. Draußen dämmerte es bereits.
»Es war eine prima Idee von dir, Aveen zum Lichterfest einzuladen«, sagte Marie, als sie auf den Bürgersteig traten. »Ich glaube, sie hat sich richtig gefreut.«
Kim nickte nachdenklich. »Stell dir vor, du wärst ganz allein in einem fremden Land, dessen Sprache du erst mühsam lernen musst. Ohne Familie und Freunde.« Sie fröstelte. »Das muss schrecklich sein.«
»Wir können uns ja ein bisschen um Aveen kümmern«, sagte Franzi. »Vielleicht lebt sie sich dann schneller ein.«
Kim wollte gerade in ihren Vorgarten einbiegen, als wüste Beschimpfungen durch die stille Straße schallten. Irritiert blieb sie stehen. »Was ist denn da los?«

Tatort Rosenbeet

»So eine Unverschämtheit!«, rief eine schrille Stimme. »Meine schönen Rosen …«

Die Stimme gehörte Frau Moser, die im Haus gegenüber wohnte. Die drei !!! überquerten die Straße und blieben vor dem Jägerzaun stehen. Die Beete im Vorgarten der Nachbarin waren säuberlich geharkt und es lag kein einziges welkes Blatt auf dem Gartenweg. Zwischen den ordentlich gestutzten Büschen hatte das Unkraut keine Chance. Frau Moser kniete in ihrem Rosenbeet, das im Gegensatz zum restlichen Garten aussah, als hätte eine Bombe eingeschlagen.

»Guten Tag«, grüßte Kim. »Was ist denn passiert?«

Die Nachbarin sah auf. »Hallo, Kim. Sieh dir dieses Chaos an! Irgendjemand hat mein Rosenbeet völlig verwüstet. Ich versuche gerade zu retten, was zu retten ist, bevor es dunkel wird.«

Kim begutachtete den Schaden. Zwei Rosensträucher waren halb ausgebuddelt und die Tannenzweige, mit denen Frau Moser das Beet für den Winter abgedeckt hatte, lagen auf dem Rasen verstreut. Außerdem war das Beet voller Löcher.

»Sieht aus, als hätte hier jemand sehr gründlich umgegraben«, stellte Franzi fest.

»Vielleicht ein Pflanzendieb«, vermutete Marie. »Fehlt etwas?«

Frau Mosers Blick glitt über das Beet. »Nein. Die Rosensträucher sind vollzählig.« Vorsichtig setzte sie die beiden herausgerissenen Pflanzen wieder ein und drückte die Erde fest. »Wer macht so etwas? Und warum?« Sie sammelte die verstreuten Tannenzweige auf und deckte die Rosen damit ab.

»Das ist wirklich seltsam«, sagte Kim. »Und Sie haben nichts bemerkt?«
Frau Moser schüttelte den Kopf. »Ich war den ganzen Nachmittag unterwegs. Erst beim Arzt, dann im Supermarkt. Deshalb hab ich die Bescherung erst entdeckt, als ich vor einer Viertelstunde nach Hause gekommen bin.«
»Es muss also irgendwann im Lauf des Nachmittags passiert sein.« Kim überlegte, ob das Beet auch schon so ausgesehen hatte, als sie vorhin mit Franzi und Marie zum Nachbarhaus gegangen war. Aber sie konnte sich nicht daran erinnern.
»Dürfen wir nach Fußspuren suchen?«, fragte Franzi. »Sie könnten den oder die Täter überführen.«
»Natürlich.« Frau Moser stand auf und klopfte sich die Erde von den Händen. »Den Rest erledige ich morgen. Es ist ja schon fast dunkel.«
Wie aufs Stichwort gingen die Straßenlaternen an. Doch ihr Licht reichte für eine gründliche Spurensicherung nicht aus. Kim zog ihren Schlüsselbund aus der Jackentasche, an dem eine Mini-Stablampe hing. Sie knipste die Lampe an und leuchtete über den Zaun, während Franzi und Marie den Garten betraten und das Beet absuchten.
»Nichts!«, stellte Franzi nach einer Weile enttäuscht fest.
»Keine verwertbaren Spuren«, bestätigte Marie.
Das hatte Kim schon befürchtet. Leider war Frau Moser bereits überall herumgelaufen und hatte so sämtliche Spuren zerstört.
»Guten Abend, die Damen!«
Kim fuhr herum. Vor ihr stand Herr Poschke. Die drei !!! und Frau Moser grüßten zurück.

»Gibt es ein Problem?« Mit unverhohlener Neugier blickte der Nachbar über den Zaun.
»Das können Sie laut sagen!« Frau Moser deutete auf ihr Beet. »Irgendwelche Vandalen haben sich an meinen Rosen vergriffen.«
Herr Poschke schüttelte den Kopf und schnalzte missbilligend mit der Zunge. »Ich kann mir schon denken, wer das war …« Er sah vielsagend zu Kims Nachbarhaus hinüber.
Franzi stemmte empört die Hände in die Hüften. »Wollen Sie damit etwa sagen, die Flüchtlingskinder hätten das Beet verwüstet? Warum sollten sie so etwas tun?«
Herr Poschke zuckte mit den Schultern. »Woher soll ich das wissen? Vielleicht aus Langeweile.«
»Haben Sie irgendwelche Beweise für diese Behauptung?«, fragte Kim eisig.
Der Nachbar wurde rot vor Ärger. »Ich brauche keine Beweise! Mir genügt mein gesunder Menschenverstand. Ich sage euch, das wird nicht der letzte Zwischenfall dieser Art gewesen sein!«
Kim runzelte die Stirn. »Was soll das denn heißen?«
Herr Poschke senkte die Stimme, als würde er den Mädchen und Frau Moser ein Geheimnis anvertrauen. »Gestern hat jemand meine Mülltonnen umgeworfen und den Abfall über die halbe Auffahrt verteilt.«
»Nein!« Frau Moser riss die Augen auf.
»Doch. Erst meine Mülltonnen, jetzt Ihr Rosenbeet.« Herr Poschke blickte noch einmal zum *Haus Heimathafen*. »Bevor die in unsere Straße gezogen sind, war es hier immer schön friedlich. Ich habe gehört, dass diese jungen Ausländer oft

kriminell sind. Also, ich werde meine Haustür in Zukunft immer gut abschließen. Und ich rate Ihnen, dasselbe zu tun.« Er nickte Frau Moser zu.

»So ein Unsinn!«, rief Kim. »Das sind doch alles nur Vorurteile. Jeder könnte Ihre Mülltonnen umgeworfen und Frau Mosers Rosen ausgegraben haben.«

Herr Poschke ging nicht auf ihre Worte ein. »Wir werden hier alle noch unser blaues Wunder erleben. Glaubt mir, die ruhigen Zeiten sind vorbei. Das dicke Ende kommt erst noch.« Nach dieser düsteren Vorhersage setzte er seinen Spaziergang fort.

»Idiot!«, zischte Kim.

»Allerdings.« Franzi sah Herrn Poschke kopfschüttelnd nach.

»Vielleicht stimmt es ja, was er sagt.« In Frau Mosers Augen blitzte Angst auf.

»Machen Sie sich keine Sorgen«, beruhigte Marie die Nachbarin. »Die Kinder aus dem *Haus Heimathafen* sind total nett. Von denen ist ganz sicher niemand kriminell.«

»Wenn du meinst ...« Frau Moser sah nicht wirklich überzeugt aus. Sie zog fröstelnd die Schultern hoch. »Es wird kühl. Ich gehe lieber wieder rein.« Sie nickte den Mädchen zum Abschied zu und kehrte ins Haus zurück.

Marie zog ihr Smartphone hervor und machte schnell ein paar Fotos vom Tatort.

»Für alle Fälle«, sagte sie, während der Blitz das Rosenbeet für den Bruchteil einer Sekunde in grelles Licht tauchte. Nachdem sie sich davon überzeugt hatte, dass die Fotos trotz der Dunkelheit etwas geworden waren, steckte sie das Handy wieder ein.

»Wie wär's mit einem heißen Kakao in unserer Küche?«, fragte Kim. »Ich muss mich jetzt dringend aufwärmen.« Sie rieb sich die kalten Hände.
»Einverstanden«, sagte Marie.
Auch Franzi nickte.
Eine Minute später waren die drei !!! im Haus verschwunden und die Straße lag wie ausgestorben im abendlichen Herbstdunkel. Ruhe und Frieden waren wiederhergestellt. Zumindest vorläufig.

Detektivtagebuch von Kim Jülich
Mittwoch, 20:21 Uhr
Ich bin total geschockt! Herr Poschke und seine Vorurteile sind echt das Letzte. Wie kommt er dazu, Aveen und ihre Freunde zu beschuldigen, ohne einen einzigen Beweis zu haben? Das ist so gemein! Am liebsten würde ich ihm so schnell wie möglich das Gegenteil beweisen. Leider ist das nicht so einfach. Das Rosenbeet unserer Nachbarin ist von irgendwelchen Chaoten verwüstet worden, aber wir sind zu spät gekommen, um verwertbare Spuren zu sichern. Frau Moser war schon überall herumgelaufen. Ohne Fußspuren oder andere Indizien wird es schwierig, den Täter zu finden. Aber eins weiß ich ganz sicher: Die Flüchtlingskinder waren es garantiert nicht!
Vorhin haben Marie, Franzi und ich noch in unserer Küche zusammengesessen und überlegt, wie wir Aveen und ihren Freunden helfen können. Marie hatte eine super Idee: Wir organisieren eine große Sammelaktion! Dazu wollen wir übermorgen beim Lichterfest im Jugendzentrum einen Aufruf starten. Und natürlich selbst Sachen aussortieren, die wir nicht mehr brau-

chen. Ich werde gleich mit meinem Bücherregal anfangen, damit Aveen möglichst bald etwas zu lesen bekommt. Bis später!

Geheimes Tagebuch von Kim Jülich
Mittwoch, 20:35 Uhr
Achtung: STRENG GEHEIM!!! Wer trotzdem weiterliest, wird mit einem bösen Fluch belegt. Was dann passiert, wollt ihr gar nicht wissen. Aber verlasst euch drauf: Es ist nichts Gutes!
Jetzt hab ich schon länger nichts mehr in mein geheimes Tagebuch geschrieben. Wahrscheinlich, weil es nicht viel zu berichten gab. Seit ich keinen Liebeskummer mehr wegen Michi habe, bin ich zufriedener Single. Ganz ehrlich! Keinen Beziehungsstress, kein Gefühlschaos, keine Trennung, die einem fast das Herz bricht – was will man mehr?
Zumindest dachte ich das bis vor Kurzem. Seit einer Weile erwische ich mich ab und zu dabei, dass ich davon träume, mich wieder zu verlieben. Vor allem, wenn ich Franzi und Blake zusammen sehe, die total glücklich miteinander sind. Franzi bekommt immer so einen ganz besonderen Blick, wenn sie Blake anschaut. Und Blake hat sowieso nur Augen für Franzi. Seufz! Ich würde auch gerne mal wieder Schmetterlinge im Bauch spüren. Aber ich will mich nicht unter Druck setzen. Das bringt sowieso nichts. Irgendwann wird mir der Richtige über den Weg laufen, dann kommen die Schmetterlinge ganz von allein!
Jetzt suche ich aber endlich ein paar Bücher für Aveen heraus. Und danach schreibe ich meine Geschichte weiter. Vorhin ist mir ein toller Titel eingefallen: Ella im Bann des Bösen. *Klingt super, oder?*

Aveens Geschichte

Es war bereits dunkel, als die drei !!! und Aveen beim Jugendzentrum ankamen. Das Lichterfest war schon in vollem Gange. Im Clubraum drängten sich die Partygäste, aus den Boxen dröhnte Musik und in einer Ecke wurde getanzt. Der Kicker war umlagert von fußballbegeisterten Kids, die sich gerade ein heißes Match lieferten. Das Kreischen der Spieler und die Anfeuerungsrufe der Zuschauer übertönten sogar die laute Musik.

Die Detektivinnen drängten sich durch die Menge. Aveen hielt sich dicht neben Kim. Marie deutete zur Tür am anderen Ende des Raumes, die in den Garten führte. Kim hob den Daumen und Marie bahnte sich und ihren Freundinnen energisch den Weg. Kurze Zeit später traten sie ins Freie.

»Puh, ganz schön voll«, stellte Franzi fest.

»Und ganz schön laut.« Kim rieb sich das Ohr.

Im Garten war es wesentlich ruhiger. In den Bäumen hingen Lampions und bunte Lichterketten. An der Hauswand und auf dem Rasen standen selbst gebastelte Windlichter und erleuchteten das Oktoberdunkel. Auf dem Grillplatz brannte ein Lagerfeuer, an dem ein paar Jungs und Mädchen saßen, Würstchen oder Stockbrot grillten und die Wärme der knisternden Flammen genossen.

Ein Junge im Rollstuhl fuhr auf die drei !!! zu.

»Blake!« Ein Leuchten ging über Franzis Gesicht.

»Da seid ihr ja endlich.« Blake begrüßte Franzi mit einem langen Kuss.

Eine unbestimmte Sehnsucht stieg in Kim auf. Sie wünschte sich eine Hand, die ihre hielt, sie wünschte sich Wärme und Geborgenheit, Kribbeln im Magen und weiche Knie …
Seufzend schüttelte sie das Gefühl ab. Liebe konnte man nicht erzwingen. Meistens kam sie völlig unerwartet, wenn man am wenigsten damit rechnete. Bis dahin hieß es warten.
Auch über Maries Gesicht huschte ein Schatten, der ihre blauen Augen eine Spur dunkler wirken ließ. Kim wusste, dass sie an Holger dachte. Die beiden waren lange ein glückliches Paar gewesen, bis Holger sich in ein anderes Mädchen verliebt hatte. Das hatte Marie tief verletzt. Trotzdem dachte sie immer noch viel an ihn, auch wenn die beiden eine Beziehungspause vereinbart hatten, die nun schon eine ganze Weile andauerte.
Franzi löste sich von Blake. »Das ist Aveen. Sie kommt aus Syrien und lebt in einer Wohngruppe für junge Flüchtlinge bei Kim nebenan.«
»Hallo!« Blake nickte Aveen freundlich zu.
Aveen betrachtete neugierig den Rollstuhl. Seit Blake vor einigen Jahren einen Reitunfall gehabt hatte, war er querschnittsgelähmt. Doch er hatte seinen Lebensmut nicht verloren und versuchte jeden Tag aufs Neue, das Beste aus der Situation zu machen. Meistens gelang ihm das auch. Er war sehr sportlich und spielte regelmäßig Basketball. Außerdem ging er schwimmen, betrieb Chairskating und Karate. Franzi und Blake trainierten oft zusammen, denn die Leidenschaft für Sport war eine ihrer vielen Gemeinsamkeiten.
»Habt ihr Lust auf Würstchen und Stockbrot?« Blake zeigte zum Lagerfeuer.

»Klar!« Franzi griff nach seiner Hand und verschränkte ihre Finger in seine.
»Geht schon mal vor, ich komme gleich.« Kim zog einen Zettel aus dem Rucksack. »Ich hänge nur schnell den Aufruf für die Spendensammlung ans Schwarze Brett.«
Während ihre Freunde zur Feuerstelle gingen, betrat Kim noch einmal den überfüllten Clubraum und drängelte sich durch die feiernde Menge zurück in die Eingangshalle. Direkt neben der Tür befand sich eine große Pinnwand, an die Kim den Computerausdruck heftete. Sie hoffte, der Text würde möglichst viele ansprechen:

GROSSE SPENDENSAMMLUNG FÜR FLÜCHTLINGE

Lust, mal wieder auszumisten?
Spende deine Sachen für einen guten Zweck!

Die Kinder und Jugendlichen aus der Flüchtlingsunterkunft brauchen:

- warme Winterkleidung (besonders Winterstiefel, dicke Jacken und Wollpullover)
- warme Socken, Mützen, Schals, Handschuhe
- Sportkleidung, Sportschuhe
- Bücher
- Stifte, Papier, Hefte und andere Schreib- und Bastelsachen
- Spielzeug für drinnen und draußen
- Gesellschaftsspiele
- Fahrräder
- Fußbälle und Fußballtore

Jeder kann helfen. Macht mit!

Kim trat einen Schritt zurück. Der Zettel ging zwischen den vielen anderen Aushängen leider ein bisschen unter. Kein Wunder, das Schwarze Brett war randvoll mit Informationen. Neben Ankündigungen für das monatlich stattfindende Jugend-Café, die Tischkicker-Meisterschaft, den Lauftreff und den Theater-Workshop wurden ein gebrauchter Cityroller, ein Hochbett und eine Reitbeteiligung angeboten. Unter dem Zettel einer gewissen Cara-Maria, die einen Job als Babysitterin suchte, entdeckte Kim eine kleine Notiz, die sofort ihre Aufmerksamkeit erregte. Die Überschrift lautete: *Wie schreibt man eine gute Reportage?* Neugierig las Kim weiter:

Wie schreibt man eine gute Reportage?

Sie wird oft als die Königsdisziplin des Journalismus bezeichnet. Doch eine fesselnde Reportage zu verfassen, kann man lernen.
Du hast ein spannendes Thema, über das du schreiben willst? Dann bewirb dich für einen der acht Plätze im Reportage-Workshop von Journalist Sebastian Husmeier.

Schick dein Wunschthema und erste Ideen zur Umsetzung direkt an Sebastian Husmeier, Redakteur bei der Neuen Tageszeitung.

Kim fotografierte die Notiz mit ihrem Handy. Ein Reportage-Workshop! Das war genau das Richtige für sie. Sie interessierte sich schon länger für journalistisches Schreiben und machte bei einer Schul-AG mit, in der die Schüler Artikel für die Jugendseite der Zeitung schreiben durften. An eine richtige Reportage hatte sie sich bisher aber noch nicht herangetraut. Sie würde sich auf jeden Fall bewerben. Ob sie eine Chance auf einen Platz hatte? Das Wichtigste war erst mal, ein spannendes Thema zu finden. Worüber könnte sie schreiben?

Nachdenklich kehrte Kim in den Garten des Jugendzentrums zurück. Die anderen saßen bereits am Feuer. Aveen und Franzi hielten mit Brotteig umwickelte Stöcke in die Flammen, während Blake und Marie an dampfenden Gläsern mit Früchtepunsch nippten. Ole, einer der Betreuer, hatte seine Gitarre hervorgeholt und spielte einen Popsong, der gerade ständig im Radio lief. Ein paar Mädchen sangen leise mit. Es roch nach Holzfeuer und Herbst.

Kim nahm neben Marie Platz.

»Alles klar?«, fragte Marie.

Kim nickte gedankenverloren. Sie schob die Frage nach dem perfekten Reportage-Thema beiseite und wärmte ihre Hände an den Flammen. »Hoffentlich klappt das mit der Spendenaktion. Ich fürchte, am Schwarzen Brett wird kaum jemand unseren Aufruf lesen.«

»Dann müssen wir eben noch etwas Direktmarketing betreiben.«

»Was meinst du damit?«

Marie grinste. »Wirst du gleich sehen.« Sie stellte ihren Punsch beiseite, erhob sich und steuerte den Clubraum an.

»Was hat sie vor?« Franzi prüfte vorsichtig mit dem Finger, ob ihr Stockbrot schon durch war.

Kim zuckte mit den Schultern. »Keine Ahnung.«

Marie verschwand im Haus. Kurze Zeit später verstummte die Musik und Maries klare Stimme ertönte aus den Boxen. »Hört mal alle her, Leute!«

Protestgemurmel und vereinzelte Buh-Rufe wurden laut. Kim und Franzi sprangen auf und liefen zum Clubraum. In der geöffneten Tür blieben sie stehen. Marie stand auf der kleinen Bühne im Scheinwerferlicht und hielt ein Mikrofon in der Hand. Der DJ nickte ihr aufmunternd zu.

»Tut mir leid, wenn ich die Party kurz unterbreche, aber wir brauchen dringend eure Hilfe.« Marie wirkte kein bisschen aufgeregt, obwohl sie von mindestens sechzig Leuten angestarrt wurde. Kim bewunderte sie für ihre Gelassenheit. Marie hatte es mit ihrer selbstsicheren Art mal wieder geschafft, alle in ihren Bann zu ziehen. Man hätte problemlos hören können, wie eine Stecknadel zu Boden fällt. Die Partygäste waren mucksmäuschenstill und warteten darauf, was Marie ihnen zu sagen hatte.

»Ihr habt bestimmt mitgekriegt, dass in letzter Zeit eine Menge Flüchtlinge zu uns in die Stadt gekommen sind. Sie sind vor Krieg, Hunger oder Armut in ihrer Heimat geflohen. Was ihr vielleicht nicht wisst: Es gibt viele Kinder und Jugendliche, die allein flüchten müssen. Sie sind so alt wie wir und schlagen sich ohne Eltern, Verwandte oder Freunde nach Deutschland durch. Wenn sie hier ankommen, haben sie nichts. Wir wollen ihnen dabei helfen, sich bei uns schnell zu Hause zu fühlen, deshalb organisieren wir eine Spendenakti-

on. Wenn ihr Klamotten, Schuhe, Spielsachen oder Bücher habt, die ihr nicht mehr braucht, könnt ihr sie den Flüchtlingskindern spenden. Nähere Infos findet ihr am Schwarzen Brett. Oder sprecht einfach mich oder meine Freundinnen Kim und Franzi an. Danke für eure Aufmerksamkeit!«
Marie schenkte ihren Zuhörern ein strahlendes Lächeln, woraufhin tosender Applaus ausbrach. Auch Kim und Franzi klatschten wie verrückt.
»Unglaublich, dass sie einfach aus dem Stegreif eine Rede hält!«, rief Franzi Kim ins Ohr.
Kim nickte. Marie war schon eine Klasse für sich. Sie wollte später Sängerin oder Schauspielerin werden, weshalb sie seit Jahren Gesangs- und Schauspielstunden nahm. Heute hatte sie einmal mehr unter Beweis gestellt, was für eine großartige Bühnenpräsenz sie hatte.
Marie drückte dem DJ das Mikro in die Hand und drängte sich durch die Menge zurück zu ihren Freundinnen. Während die Musik wieder einsetzte, klopften ihr von allen Seiten Leute auf die Schultern. Auch Kim und Franzi wurden angesprochen.
»Tolle Idee, diese Spendenaktion«, sagte ein Mädchen, das Kim aus einem Schreibworkshop kannte.
»Könnt ihr auch einen Cityroller gebrauchen?«, erkundigte sich ein Junge mit schwarzem Basecap. »Ich wollte meinen eigentlich verkaufen, aber jetzt spende ich ihn lieber.«
Ein Mädchen mit heftig geschminkten Smokey-Eyes tippte Kim auf die Schulter. »Ich hab noch einen Wintermantel vom letzten Jahr, der mir nicht mehr passt. Wo soll ich ihn abgeben?«

Ole tauchte hinter Kim auf. »Ihr könnt alle Spenden ins Jugendzentrum bringen«, bot er an. »Wir lagern sie hier, bis sie an die Flüchtlinge verteilt werden.« Er nickte Kim, Franzi und Marie anerkennend zu. »Klasse Aktion!«

»Danke«, sagte Marie.

Die drei !!! kehrten ans Lagerfeuer zurück, wo Blake gerade Aveens Stockbrot testete.

»Ich glaube, du kannst es jetzt essen«, sagte er.

Vorsichtig zupfte Aveen ein Stück von dem warmen Brot ab und steckte es in den Mund.

»Gut?«, fragte Blake.

Aveen nickte. »Sehr gut!«

Kim holte zwei Gläser Früchtepunsch, setzte sich neben Aveen und reichte ihr ein Glas. »Probier mal, das ist superlecker.«

Blake drückte Franzi ihr Stockbrot in die Hand. »Hier, ich hab's für dich fertig geröstet.«

»Du bist ein Schatz!« Franzi bedankte sich mit einem Kuss.

Während Blake, Franzi und Marie ein Gespräch über die geplante Spendenaktion begannen, nahm Ole wieder seine Gitarre zur Hand und spielte einen Blues-Song, zu dem er mit rauer Stimme sang. Der Text handelte von Heimweh und dem Leben in der Fremde. Aveen hörte zu, während sie langsam ihr Stockbrot aß. Ihre dunklen Augen glänzten wie ein Waldsee im Mondschein.

»Hast du auch manchmal Heimweh?«, fragte Kim.

»Manchmal?« Aveen lächelte traurig. »Immer!«

»Wie ist es denn so in Syrien?«

»Schön. Wunderschön!« Wehmut lag in ihrer Stimme. »Syrien ist das schönste Land der Erde. Es gibt eine Wüste, Oasen, alte Tempel und Feigenbäume, hohe Berge mit Schnee und das Meer. Im Sommer viel heiß und Sonne. Nicht kalt wie hier.«

»Klingt toll.« Kim nippte an ihrem Früchtepunsch. Von vorn wärmte sie das Feuer, aber an ihrem Rücken kroch die herbstliche Kälte hoch. »Wie lange ist dort eigentlich schon Krieg?«

»Lange. Ein paar Jahre. Der Krieg macht alles kaputt. Eine Bombe fällt auf unser Haus. Bumm!«

»Euer Haus wurde von einer Bombe zerstört?«

Aveen nickte. »Haus weg, alles weg. Mama und Papa sagen: ›Wir gehen auch weg.‹ Weg von Krieg. Nach Deutschland. Deutschland ist gutes Land.«

»Aber das ist doch furchtbar weit. Wie seid ihr hergekommen?«

»Zu Fuß. Sehr lange gelaufen. Bis in die Türkei. Dann mit Boot nach Greece.«

»Ihr seid mit dem Boot über das Mittelmeer nach Griechenland gekommen?«

Aveen nickte wieder. Sie starrte einen Moment in die Flammen, bevor sie weitersprach. »Das Boot war zu klein. Zu viele Menschen. Es kippt um.«

Kim schluckte. Sie hatte in den Nachrichten von geldgierigen Schleppern gehört, die viel zu viele Flüchtlinge in kleine Boote pferchten und sie dann auf dem Meer ihrem Schicksal überließen. Oft kenterten die Boote, bevor sie das sichere Ufer erreicht hatten, und die Menschen ertranken. »Was ist dann passiert?«, fragte sie mit heiserer Stimme.

»Alles dunkel. Überall Wasser. Ich schwimme und schwimme. Bis zum Strand. Ich lebe, aber Mama und Papa sind weg. Andere Familie nimmt mich mit nach Deutschland.«
Kim und Aveen schwiegen eine Weile.
»Hier bist du in Sicherheit«, sagte Kim schließlich, ohne zu wissen, ob das ein Trost für Aveen war. »Hast du … hast du seitdem etwas von deinen Eltern gehört?«
Aveen schüttelte stumm den Kopf. Sie wischte sich eine Träne von der Wange und zog etwas aus ihrer Jackentasche. Es war ein Foto. Wortlos hielt sie es Kim hin. Es zeigte eine jüngere Aveen, die unbeschwert in die Kamera lächelte. Rechts und links von ihr standen ihre Eltern. Ihre Mutter hatte die gleichen dunklen Augen und das herzförmige Gesicht ihrer Tochter. Ihr Vater war einen Kopf größer und grinste verschmitzt. Seine weißen Zähne blitzten und um seine Augen lag ein Kranz feiner Lachfältchen.
»Sie sehen sehr nett aus.« Kim gab Aveen das Foto zurück. »Es geht ihnen bestimmt gut. Wahrscheinlich suchen sie schon überall nach dir.«
Aveen strich sanft mit den Fingerspitzen über die Gesichter ihrer Eltern. »Ich denke immer an sie. Tag und Nacht. Bis sie zu mir kommen. Dann bin ich glücklich.«
Kim wusste nicht, was sie sagen sollte. Sie hätte Aveen so gern getröstet. Aber wie? Ihr Hals wurde eng und sie schluckte schnell die Tränen hinunter. Sie legte einen Arm um Aveen und drückte sie ganz fest.

So ein Müll!

Nach dem Lichterfest brachten die drei !!! Aveen nach Hause. Ein junger Mann mit kurzen dunkelblonden Haaren und Dreitagebart öffnete die Tür.
»Hallo, ich bin Falk, Sabines Kollege. Sabine hat mir schon von euch erzählt.« Er schüttelte Kim, Franzi und Marie die Hand. »Wie war die Party?«
»Gut!« Aveen lächelte. Für einen Moment schien die Traurigkeit von ihr abzufallen und sie sah beinahe fröhlich aus.
Kim freute sich. Vielleicht hatten sie es ja tatsächlich geschafft, Aveen ein wenig von ihrem Kummer abzulenken. Zumindest für ein paar Stunden. Nachdem sie ihre Geschichte erzählt hatte, waren sie noch eine Weile am Lagerfeuer sitzen geblieben, hatten Stockbrot gegessen, Früchtepunsch getrunken, Lieder gesungen und über ihre Lieblingsbücher geredet. Dann waren sie alle zusammen in den Clubraum gegangen und hatten getanzt.
»Morgen bringe ich dir neue Bücher vorbei«, versprach Kim. »Gute Nacht!«
Sie umarmte Aveen zum Abschied und Falk schloss die Tür.
»Das war ein schöner Abend.« Franzi umrundete eine Mülltonne auf dem Bürgersteig. Auch vor den anderen Häusern standen grüne Tonnen. Morgen früh wurde der Biomüll abgeholt, wie jeden Samstag.
Kim runzelte die Stirn. »Was ist das?«
Zwei Häuser weiter lag eine grüne Tonne auf dem Bürgersteig. Ihr Inhalt war über die Straße verteilt.

Marie hielt sich die Nase zu, während sie näher trat. »Igitt, das stinkt!«
Verfaulte Tomaten, gammelige Möhren, Apfel-, Kartoffel- und Eierschalen, Kaffeesatz und welke Salatblätter lagen auf dem Asphalt.
»Seht mal, dort!« Franzi zeigte zum anderen Ende der Straße, wo ebenfalls zwei umgekippte Tonnen lagen. Unter einer Straßenlaterne hatten sich einige Nachbarn versammelt und diskutierten lautstark. Kim schnappte ein paar Sätze auf.
»Schweinerei!«
»Wer macht denn so was?«
»Man müsste die Polizei rufen!«
Die Detektivinnen verständigten sich mit einem schnellen Blick und gingen zu den Nachbarn hinüber.
»Was ist passiert?«, fragte Kim.
»Jemand hat die Mülltonnen umgeworfen.« Frau Moser schüttelte den Kopf. »So eine Unverschämtheit!«
»Haben Sie eine Ahnung, wer es gewesen sein könnte?« Kim zückte ihr Detektivtagebuch für unterwegs, ein altes, abgegriffenes Heft, das sie immer bei sich trug.
»Na, wer wohl?« Herr Poschke sah mit grimmigem Gesicht zum *Haus Heimathafen*.
Kim ging nicht darauf ein. »Hat jemand von Ihnen etwas Verdächtiges bemerkt?« Sie warf einen Blick in die Runde. Herrn Poschke überging sie dabei absichtlich, um ihn nicht zu weiteren Anschuldigungen zu ermutigen.
Die anderen Nachbarn schüttelten die Köpfe.
»Als ich meine Biotonne rausgestellt habe, war noch alles in Ordnung«, berichtete Frau Moser.

»Wann war das?«, fragte Franzi.
Frau Moser überlegte. »So gegen sechs. Zwei von den Flüchtlingsjungs haben gerade auf dem Bürgersteig Fußball gespielt.«
»Na also, ich hab's doch gesagt!«, rief Herr Poschke triumphierend. »Diese Lümmel haben nichts als Unsinn im Kopf! Bestimmt haben sie die Mülltonnen umgeworfen.«
»Warum mussten die ausgerechnet hierher ziehen?«, murmelte ein anderer Nachbar. »Bisher war es immer so schön ruhig in unserer Straße.«
»Ganz meine Meinung«, stimmte Herr Poschke zu. »Aber mit der Ruhe ist es jetzt vorbei, fürchte ich.«
Unzufriedenes Gemurmel setzte ein.
»Es ist noch längst nicht geklärt, wer die Mülltonnen umgeworfen hat«, stellte Kim klar. »Es könnte jeder gewesen sein. Sogar Sie!« Sie warf Herrn Poschke einen ärgerlichen Blick zu und wunderte sich gleichzeitig über ihren Mut. Eigentlich war sie eher zurückhaltend, aber die Wut ließ sie ihre Schüchternheit vergessen.
»Was soll das denn heißen?« Der Nachbar runzelte die Stirn. »Willst du mich etwa beschuldigen?«
»Nein, natürlich nicht«, sagte Franzi schnell. »Kim wollte damit nur sagen, dass wir keine voreiligen Schlüsse ziehen sollten.«
»Und wer macht jetzt die Sauerei weg?«, fragte Frau Moser.
Ein anderer Nachbar seufzte. »Das wird wohl an uns hängen bleiben. Dabei hatte ich mich eigentlich auf einen gemütlichen Fernsehabend gefreut …«
Das Grüppchen löste sich auf. Die betroffenen Hausbesitzer

stellten ihre Tonnen wieder auf und begannen, den verstreuten Müll einzusammeln.
»Seltsam ...« Franzi machte ein nachdenkliches Gesicht, während die drei !!! langsam zu Kims Haus gingen. »Wieso wurden einige Tonnen umgeworfen und andere nicht?«
»Vielleicht hat es jemand nur auf bestimmte Nachbarn abgesehen«, vermutete Marie.
Kim ließ ihren Blick über die Straße wandern. »Die Tonnen von Herrn Poschke, Frau Moser, Familie Marzahn und den Roses wurden ausgekippt. Also, ich kann da keinen Zusammenhang erkennen.«
»Und eure Mülltonne?«, fragte Franzi.
Sie hatten Kims Vorgarten erreicht und blieben vor dem Gartentor stehen. Kim warf einen Blick über den Zaun und kicherte, als sie die grüne Tonne an der Hauswand entdeckte.
»Papa hat mal wieder vergessen, sie rauszustellen. Manchmal kann seine Vergesslichkeit auch Vorteile haben!«
»Glück gehabt«, stellte Marie fest.
»Für mich sieht das nach ein paar Jugendlichen aus, die auf dem Weg zu einer Party durch die Straße gekommen sind und sich einen kleinen Spaß erlaubt haben«, sagte Franzi.
»Toller Spaß!« Kim schüttelte den Kopf. »Für Aveen und die anderen ist es bitterer Ernst, wenn ihnen die Sache in die Schuhe geschoben wird.« Sie biss sich auf die Lippe. »Die Stimmung in der Straße ist echt mies. Hoffentlich passiert nicht noch was, damit sich die Leute wieder beruhigen können.«
Doch irgendwie hatte sie das Gefühl, dass dies erst der Anfang gewesen war.

Am Sonntagmorgen strahlte die Herbstsonne von einem wolkenlosen Himmel, als Kim um kurz nach zehn mit Pablo an der Leine das Haus verließ. Die Zwillinge hatten ein Fußballturnier und Herr und Frau Jülich waren mitgefahren, um ihre Söhne anzufeuern. Natürlich waren Ben und Lukas vorher nicht mehr mit Pablo rausgegangen, sodass der morgendliche Spaziergang mal wieder an Kim hängen blieb. Doch ihr Protest war reine Formsache gewesen, denn bei dem wunderschönen Wetter hatte sie eigentlich gar nichts dagegen, eine Runde mit dem Hund zu drehen.

Pablo konnte es kaum erwarten, an die frische Luft zu kommen. Er zerrte an der Leine und wedelte heftig mit dem Schwanz, als Kim mit ihm auf den Bürgersteig trat. Sie zog ihre Handschuhe an und fasste die Leine fester.

»Nicht so stürmisch, Pablo«, ermahnte sie den Hund. Ihr Atem bildete weiße Wölkchen in der kalten Luft. Dort, wo die Sonne noch nicht hinkam, lag eine feine Raureifschicht auf den Büschen. Kim marschierte los. Sie freute sich auf einen ausgiebigen Spaziergang mit viel Zeit zum Nachdenken. Sie brauchte noch einen spannenden Schluss für die Ella-Geschichte. Außerdem war ihr immer noch kein gutes Reportage-Thema eingefallen. Vielleicht etwas über Haustiere? Sie könnte in das Tierheim fahren, aus dem sie Pablo geholt hatten, und die Mitarbeiter interviewen. Oder …

»Hoppla!«

Fast wäre Kim mit einem Mann zusammengestoßen, der aus einem am Straßenrand geparkten Auto stieg.

»Kommissar Peters!« Kim blieb überrascht stehen. »Was machen Sie denn hier?«

»Guten Morgen!« Der Kommissar schloss die Autotür und streichelte Pablo, der interessiert an seinem Hosenbein schnüffelte. »Ich bin beruflich hier. Die Kollegen haben mich angerufen.«
Erst jetzt bemerkte Kim den Streifenwagen, der in der Auffahrt von Haus Nummer 25 parkte. Dort wohnte Familie Rose, ein nettes Paar mit zwei kleinen Kindern, Frieda und Kalle. »Ist Roses etwas passiert?«, fragte Kim alarmiert. »Oder den Kindern?«
»Nein, nein, keine Sorge. Es geht um ihr Auto. Es ist letzte Nacht aufgebrochen worden.«
»Was? Das gibt's doch nicht!« Kim konnte es kaum glauben. Obwohl sie als Detektivin natürlich wusste, dass Straftaten jederzeit und überall geschehen konnten, war der Polizeieinsatz in ihrer Straße wie ein Schlag in die Magengrube. Es hätte genauso gut den Wagen ihrer Eltern treffen können! Es war kein schönes Gefühl, wenn das Verbrechen so nah heranrückte. »Was wurde denn gestohlen?«
»Die Täter haben ein Navi und eine Handtasche erbeutet«, berichtete der Kommissar. »Es hat bereits mehrere Autoaufbrüche in dieser Gegend gegeben. Wir gehen von einer organisierten Bande aus. Deshalb haben mich die Kollegen gleich informiert.«
Kim schüttelte den Kopf. »Was ist nur in letzter Zeit in unserer Straße los?«
»Wieso?« Der Kommissar wurde sofort hellhörig.
Kim seufzte. »Es sind einige seltsame Dinge passiert.« Sie berichtete von dem verwüsteten Rosenbeet und den umgekippten Mülltonnen.

»Ich glaube nicht, dass es da einen Zusammenhang gibt«, beruhigte sie der Kommissar. »Wahrscheinlich ist es einfach Zufall.«

»Schon möglich«, gab Kim zu. »Trotzdem werden einige Nachbarn bestimmt wieder den Flüchtlingskindern die Schuld in die Schuhe schieben.« Sie erzählte von Aveen und der aufgeheizten Stimmung in der Nachbarschaft. Plötzlich wurde Pablo unruhig. Kim erblickte einen Fußgänger, der sich rasch näherte. Weil sie von der Sonne geblendet wurde, erkannte sie ihn erst auf den zweiten Blick. »Auch das noch!« Sie verdrehte die Augen. »Da kommt Herr Poschke, mein Lieblingsnachbar.« Die Ironie in ihrer Stimme war nicht zu überhören. »Der scheint es förmlich zu riechen, wenn irgendwo etwas los ist.«

»Nanu, Polizei?« Herr Poschke blieb stehen und warf einen neugierigen Blick auf den Streifenwagen. »Seit diese Flüchtlinge hier sind, geht es in unserer Straße drunter und drüber! Warum schützt uns die Polizei eigentlich nicht vor diesen Kriminellen? Ich hab ja von Anfang an gewusst, dass das noch Ärger geben würde …«

»Sie sollten mit Ihren Schuldzuweisungen etwas vorsichtiger sein«, sagte der Kommissar. »Üble Nachrede ist strafbar, wie Sie sicherlich wissen.«

»Man wird ja wohl noch seine Meinung äußern dürfen«, gab Herr Poschke empört zurück. »Was ist denn eigentlich passiert?«

»Zu laufenden Ermittlungen kann ich leider keine Auskunft erteilen.« Die Stimme des Kommissars klang frostig. »Und jetzt gehen Sie bitte weiter, hier gibt es nichts zu sehen.«

Beleidigt setzte der Nachbar seinen Weg fort.
Kim musste kichern, obwohl ihr eigentlich gar nicht nach Lachen zumute war. »Dem haben Sie's aber gegeben.«
Der Kommissar seufzte. »Mit solchen Vorurteilen haben wir leider öfter zu tun.«
»Warum sind manche Leute nur so verbohrt?«
»Alles, was fremd ist, macht den Menschen Angst«, erklärte der Kommissar. »Aber es gibt einen Weg, diese Angst abzubauen.«
»Welchen?«
»Man muss das Fremde kennenlernen, dann verliert es seinen Schrecken.«
»Verstehe.« Kim nickte langsam. »Außerdem wäre es für die Stimmung in der Straße sicher nicht schlecht, wenn wir die Autoknacker bald fassen würden.«
»*Wir*?« Der Kommissar zog beide Augenbrauen hoch. »Damit eins klar ist: Dies ist ein Fall für die Polizei und nicht für die drei !!!. Ihr haltet euch aus den Ermittlungen raus, verstanden?«
»Haben Sie denn schon einen Verdacht?«, erkundigte sich Kim. Sie hoffte, der Kommissar würde nicht bemerken, dass sie seine Frage nicht beantwortet hatte. Die Detektivinnen kannten Peters schon lange und er war inzwischen so etwas wie ein väterlicher Freund geworden. Leider versuchte er immer wieder, den Mädchen die Detektivarbeit auszureden, weil er sie für zu gefährlich hielt. Bisher allerdings ohne Erfolg.
»Zu laufenden Ermittlungen kann ich leider keine Auskunft erteilen.« Der Kommissar zwinkerte Kim zu.

Kim zog eine Grimasse. »Hätte ich mir ja denken können.« Pablo wurde langsam ungeduldig. »Ich muss weiter. Einen schönen Sonntag noch.«
»Danke gleichfalls.« Peters ging auf das Haus zu, wo seine Kollegen bereits auf ihn warteten.
»Hör auf zu ziehen, Pablo!«, schimpfte Kim. »Bei Fuß!« Sie wäre furchtbar gern bei der Befragung der Roses dabei gewesen. Zu schade, dass sich der Kommissar nicht auf eine Zusammenarbeit einließ. Aber dann würden sie eben getrennt ermitteln. Kaum war Kim um die Straßenecke gebogen, blieb sie stehen und zog ihr Handy hervor. Sie musste sofort ein Clubtreffen einberufen. Die drei !!! hatten einen neuen Fall!

Spurensuche

Das Clubtreffen fand noch am selben Nachmittag statt. Pünktlich um drei versammelten sich die Detektivinnen in Kims Zimmer, wo sie es sich mit ein paar Kissen und einer Tafel Schokolade auf dem Boden bequem machten, bevor Kim ihre Freundinnen auf den neuesten Stand brachte.

»Letzte Nacht wurde ein Auto aufgebrochen?« Franzi schüttelte den Kopf. »Das gibt's ja nicht!«

»Leider doch.« Kim nahm sich ein Stück Nussschokolade und steckte es in den Mund.

»Die Sache mit dem Rosenbeet und die umgekippten Mülltonnen gehen zur Not noch als dumme Streiche durch, aber ein aufgebrochenes Auto ist etwas völlig anderes.« Marie lehnte sich gegen Kims Bett und streckte die Beine aus.

»Wenn wir nicht wollen, dass die Flüchtlinge verdächtigt werden, müssen wir den wahren Täter finden.« Kim lutschte an dem Schokoladenstück, das sich langsam auf ihrer Zunge auflöste. »Und zwar so schnell wie möglich.«

»Sehe ich genauso«, sagte Franzi. »Womit fangen wir an?«

»Am besten, wir befragen zuerst diese Roses«, schlug Marie vor.

»Das hat doch Kommissar Peters heute Vormittag schon gemacht«, wandte Kim ein.

»Na und? Vielleicht finden wir etwas heraus, was der Kommissar übersehen hat.« Marie sprang auf. Ihre Augen blitzten unternehmungslustig. »Auf geht's! Worauf wartet ihr noch?«

Fünf Minuten später standen die drei !!! vor dem Haus von Familie Rose. Kim drückte auf die Klingel und eine Frau in Schlabberhose und Wollpulli öffnete die Tür.

»Hallo, Frau Rose«, sagte Kim. »Entschuldigen Sie bitte die Störung. Dürfen wir Ihnen kurz ein paar Fragen zu Ihrem aufgebrochenen Auto stellen?«

»Das hat sich ja schnell herumgesprochen.« Frau Rose lächelte etwas gequält.

»Wir sind Detektivinnen, deshalb interessiert uns der Fall natürlich.« Kim zog eine Visitenkarte aus ihrer Jackentasche und reichte sie der Nachbarin.

Frau Rose warf einen kurzen Blick darauf. »Aber die Polizei kümmert sich doch bereits um die Sache.«

»Das macht nichts«, sagte Marie. »Wie heißt es doch so schön? Doppelt hält besser!«

»Na gut, kommt rein.« Frau Rose führte die Mädchen ins Wohnzimmer. Im Fernseher lief ein Zeichentrickfilm. *Arielle, die Meerjungfrau.* Auf dem Sofa saßen zwei Kinder unter einer Wolldecke zusammengekuschelt und schauten gebannt

zu, wie Meerhexe Ursula die unglücklich verliebte Arielle zu einem teuflischen Pakt überredete. Auf dem Couchtisch standen zwei Becher Kakao und eine Schale mit Plätzchen.
»Hallo, Frieda, hallo Kalle«, sagte Kim, doch die Geschwister reagierten nicht.
»Wenn die beiden fernsehen, sind sie nicht ansprechbar«, entschuldigte sich Frau Rose. »Wir machen gerade einen gemütlichen Kino-Nachmittag. Darauf haben sich Frieda und Kalle schon die ganze Woche gefreut. Mein Mann nutzt die Gunst der Stunde und ist eine Runde joggen gegangen.«
Kalle angelte sich ein Schoko-Plätzchen aus der Schale, ohne den Blick vom Fernseher abzuwenden.
Marie lächelte. »Als Kind war *Arielle* mein absoluter Lieblingsfilm. Den Soundtrack hab ich wochenlang rauf und runter gehört, bis ich jedes Lied mitsingen konnte.« Sie trällerte sofort los. »*Unter dem Meer, unter dem Meer …*«
Kim unterdrückte ein Kichern. Sie konnte sich gut vorstellen, wie Marie als kleines Mädchen vor dem Spiegel gestanden und hingebungsvoll ein Lied nach dem anderen geschmettert hatte. »Wolltest du damals schon Sängerin oder Schauspielerin werden?«
Marie hörte auf zu singen und warf ihre Haare über die Schulter. »Natürlich! Das will ich, solange ich denken kann.«
Franzi verdrehte die Augen. »Können wir jetzt vielleicht mit den Ermittlungen weitermachen?«
»Kommt mit in die Küche, da haben wir etwas mehr Ruhe.« Frau Rose ging in die offene Wohnküche hinüber. Ein Tresen mit mehreren Barhockern trennte den Koch- vom Essbereich. »Setzt euch doch! Möchtet ihr etwas trinken?«

»Nein, danke.« Kim nahm auf einem Barhocker Platz und zog den Reißverschluss ihrer Jacke auf. Hier drinnen war es angenehm warm. Sie holte ihr Detektivtagebuch hervor, schlug es auf und zückte einen Stift. »Wann haben Sie entdeckt, dass Ihr Auto aufgebrochen wurde?«

»Gleich heute Morgen.« Frau Rose goss Wasser in die Kaffeemaschine und holte eine Blechdose aus dem Schrank. »Ich war mit einer Freundin zum Schwimmen verabredet und wollte mit dem Auto zum Hallenbad fahren. Da habe ich es gesehen.«

»Was haben Sie gesehen?«, fragte Franzi.

»Das Fenster auf der Beifahrerseite war eingeschlagen. Überall lagen Scherben. Ich hab natürlich einen riesigen Schreck bekommen.«

»Kann ich mir vorstellen.« Kim machte sich ein paar Notizen.

»Wo stand denn Ihr Auto?«, wollte Marie wissen.

»Ich hatte es vor dem Haus an der Straße geparkt, wie immer.« Frau Rose zählte drei Messlöffel Kaffee ab, gab sie in den Filter und stellte die Maschine an. »In unserer Garage steht meistens der Wagen meines Mannes.«

»Dass das Fenster eingeschlagen wurde, spricht nicht gerade für Profis«, stellte Franzi fest. »Die hätten doch bestimmt die Tür aufgebrochen.«

»Das hat der Kommissar auch gesagt.« Frau Rose strich sich eine braune Haarsträhne hinter das Ohr. Neben ihr gab die Kaffeemaschine glucksende Geräusche von sich, während der Kaffee durchlief. »Und ausgerechnet gestern hatte ich meine Handtasche im Auto vergessen. Die ist jetzt natürlich weg, genauso wie das Navi. Ich könnte mich schwarzärgern!«

»Was war das für eine Tasche?«, fragte Franzi.
»Eine rote Umhängetasche von *You&Me.*«
Marie pfiff durch die Zähne. »Das ist doch dieses angesagte neue Designer-Label. Die Taschen sind ziemlich teuer.«
Frau Rose nickte. »Das stimmt. Ich hatte sie mir erst vor zwei Wochen gekauft, kurz nach meinem Geburtstag. Als Geschenk an mich selbst sozusagen.«
»Wie blöd!« Marie machte ein mitfühlendes Gesicht. Da sie selbst auch eine Schwäche für edle Accessoires hatte, konnte sie gut nachvollziehen, wie sehr dieser Verlust Frau Rose schmerzte.
»Können Sie die Tasche etwas genauer beschreiben?«, bat Kim.
»Natürlich! Es ist ein Matchsack aus rotem Rindsleder. Das Innenfutter besteht aus grün-weiß kariertem Stoff. Vorne ist das Logo in silbernen Buchstaben drauf. Auf der Rückseite befindet sich ein Reißverschlussfach. Der Schulterriemen ist verstellbar und am Zugband hängen zwei abnehmbare Quasten, die ebenfalls aus Leder sind.«
Kim kam mit dem Notieren kaum hinterher. »Danke! Das ist wirklich eine sehr genaue Beschreibung.«
Frau Rose seufzte. »Ich hab mir diese Tasche so oft im Laden angeschaut, dass ich jeden Millimeter in- und auswendig kenne. Aber jetzt ist sie weg und ich werde sie wahrscheinlich nie zurückbekommen. Genau wie mein Portemonnaie und mein Handy, die in der Tasche waren.«
»Abwarten«, meinte Marie. »Vielleicht haben Sie ja Glück und der Matchsack taucht wieder auf.«
»Der Kommissar meinte, das sei eher unwahrscheinlich.«

»Sie sollten die Hoffnung nicht so schnell aufgeben.« Kim schlug das Detektivtagebuch zu. »Wir werden jedenfalls alles tun, um die Täter zu finden.«

»Das ist nett von euch.« Der Kaffee war durchgelaufen. Frau Rose holte einen Becher aus dem Schrank und schenkte sich ein.

»Mama!«, rief eine Kinderstimme aus dem Wohnzimmer. »Gibt's noch mehr Plätzchen?«

»Ich komme gleich!« Die Nachbarin zuckte entschuldigend mit den Schultern. »Tut mir leid, aber ich muss wieder zu den Kindern.«

»Kein Problem.« Kim verstaute Stift und Heft in ihrer Jacke. »Danke, dass Sie unsere Fragen beantwortet haben.«

»Wir melden uns, sobald es etwas Neues gibt«, versprach Franzi.

Die Detektivinnen verabschiedeten sich und kehrten zum Haus der Jülichs zurück.

»Ein Gutes hat es ja, dass wir diesmal in unserer Straße ermitteln«, witzelte Kim. »Die Wege sind extrem kurz.« Sie trat durch das Tor in ihren Vorgarten und blieb wie angewurzelt stehen.

»He, was soll das?« Franzi, die direkt hinter Kim ging, wäre fast in ihre Freundin hineingelaufen.

»Seht euch das an!« Kim stemmte die Hände in die Hüften. Jetzt bemerkten die anderen es auch. Die Biotonne von Familie Jülich lag auf dem Rasen. Zwiebelschalen, Gemüsereste, benutzte Teebeutel und halb vergammelter Rosenkohl waren zwischen welkem Laub im Gras verstreut.

»So eine Sauerei!«, schimpfte Franzi.

»Wer kann das gewesen sein?« Marie ließ den Blick über die Straße wandern, aber es war niemand zu sehen. Überall herrschte sonntägliche Stille. »Als wir vorhin losgegangen sind, war noch alles in Ordnung.«

»Es muss auf jeden Fall jemand sein, der ziemlich dreist ist«, stellte Kim fest. »Schließlich ist es noch nicht mal dunkel.«

»Außerdem stand die Tonne nicht an der Straße«, sagte Franzi. »Der Täter musste also in euren Vorgarten und hätte leicht entdeckt werden können.«

»Vielleicht hat er ja Fingerabdrücke hinterlassen.« Kim spürte ein Kribbeln im Magen. »Ich hol schnell das Fingerabdruckset.« Sie sprintete ins Haus und lief in ihr Zimmer.

»Kim? Bist du schon wieder zurück?«, rief ihre Mutter aus dem Arbeitszimmer. Sie hatte sich nach dem Fußballturnier an den Schreibtisch gesetzt, um das Diktat ihrer Grundschulklasse zu korrigieren.

»Ja«, antwortete Kim. »Franzi, Marie und ich haben noch was im Garten zu tun.« Sie schnappte sich das Fingerabdruckset aus ihrer Schreibtischschublade und rannte die Treppe hinunter, bevor ihre Mutter genauer nachfragen konnte. Sie hatte keine Lust, ihr jetzt Rede und Antwort zu stehen. Frau Jülich war vom Detektiv-Hobby ihrer Tochter nicht allzu begeistert, weil sie befürchtete, die Mädchen könnten sich leichtsinnig in Gefahr begeben. In diesem Punkt war sie ganz einer Meinung mit Kommissar Peters.

Als Kim wieder nach draußen kam, hatten Marie und Franzi bereits eine Schaufel aus dem Gartenschuppen geholt und den verstreuten Müll damit zurück in die Tonne befördert.

»Danke, das ist nett von euch.« Kim schraubte das Glas mit

dem Grafitpulver auf. »Es kann losgehen. Bin gespannt, ob wir etwas Brauchbares finden.« Sie pinselte den Deckel der Tonne mit dem grauen Pulver ein und nahm mehrere Abdrücke mit einer Plastikfolie ab, die sie anschließend in ein Heft klebte, das die drei !!! als Fingerabdruckkartei benutzten.
»Fünf Abdrücke!« Franzi machte ein zufriedenes Gesicht.
»Wir müssen sie mit den Fingerabdrücken meiner Familie abgleichen«, sagte Kim.
»Was ist mit den Müllmännern?«, fragte Marie.
Kim überlegte kurz. »Die tragen doch immer Handschuhe, oder?«
»Stimmt!« Franzi nickte.
»Die Zwillinge können wir eigentlich auch weglassen, die bringen sowieso nie den Müll raus.« Kim zog eine Grimasse. Ihre Brüder drückten sich gerne vor jeder Art von Anstrengung, ganz egal, ob es sich um Hausarbeit, Hausaufgaben oder Gassigehen mit Pablo handelte. Nur beim Fußballspielen gaben sie alles.
Wie aufs Stichwort sausten Ben und Lukas um die Hausecke und bauten sich neben den drei !!! auf. Pablo folgte ihnen kläffend und tänzelte von einem Mädchen zum anderen. Franzi ging in die Hocke und kraulte ihn zwischen den Ohren. Sie liebte Tiere und hatte einen besonderen Draht zu Lebewesen aller Art. Selbst mit Spinnen führte sie vertrauliche Gespräche, statt sie aus ihrem Zimmer zu verjagen. Pablo hatte das von Anfang an gespürt und freute sich jedes Mal wie ein Verrückter, wenn er Franzi traf.
»Was macht ihr da?«, fragte Ben neugierig. Unter seinem Arm klemmte ein Fußball.

»Nichts.« Kim steckte schnell das Fingerabdruckset weg.
»Warum ist der Deckel von der Mülltonne so dreckig?« Lukas betrachtete interessiert den dunkelgrauen Grafitstaub.
»Das müsst ihr wieder sauber machen, sonst schimpft Papa.«
Kim verdrehte die Augen. »Ist nicht euer Problem.« Trotzdem zog sie ein Taschentuch hervor und wischte den Deckel notdürftig ab. Den Rest würde der nächste Regen erledigen.
»Habt ihr einen neuen Fall?«, wollte Ben wissen.
»Ich hab's euch schon mal gesagt: Das geht euch nichts an!«
Manchmal gingen Kim ihre Brüder wirklich auf die Nerven. Warum mussten sie ständig ihre kleinen Nasen in ihre Angelegenheiten stecken?
»Blöde Kuh!« Ben warf seiner Schwester einen wütenden Blick zu. Dann kickte er den Ball zu seinem Bruder hinüber.
»Komm, wir spielen Fußball.«
Lukas beförderte den Ball mit einem gezielten Schuss in den rückwärtigen Teil des Gartens und die Zwillinge rannten johlend hinter das Haus. Pablo spurtete fröhlich bellend hinterher.
»Die zwei sind mir in letzter Zeit viel zu neugierig«, sagte Kim.
»Sind sie das nicht immer?«, fragte Franzi.
»Schon, aber seit einer Weile versuchen sie ständig, mich über unsere Ermittlungen auszuquetschen. Das gefällt mir gar nicht.« Kim schüttelte die Gedanken an ihre vorlauten Brüder ab. »Wollen wir wieder reingehen? Ich könnte uns einen *Chai Latte* machen.«
Ehe Franzi oder Marie antworten konnten, gellte ein Schrei durch die Straße.

Schrei in der Dämmerung

Die Stimme klang so verzweifelt, dass es Kim eiskalt den Rücken runterlief.
»Was war das?«, fragte Franzi.
»Es kam von dort!« Kim zeigte auf das Haus von Herrn Poschke.
Die Detektivinnen spurteten los. Die Herbstdämmerung kroch bereits zwischen den Büschen hervor, als sie über den Bürgersteig rannten und in die Auffahrt von Herrn Poschke einbogen. Das Garagentor war geöffnet und das Innere des kleinen Anbaus hell erleuchtet. Wieder ertönte ein Schrei.
Kim stürmte in die Garage. »Khaleed!«
Der dunkelhäutige Junge mit den schwarzen Locken stand neben Herrn Poschkes rotem Auto. Der Nachbar hatte ihn am Arm gepackt und schüttelte ihn. Khaleed war leichenblass und seine Lippen bebten.
»Jetzt kannst du was erleben, du Rotzlöffel!«, brüllte Herr Poschke. Sein Gesicht war vor Wut knallrot angelaufen und seine Augen quollen hervor. Er sah aus, als würde er gleich einen Herzinfarkt kriegen. »Was fällt dir eigentlich ein?«
»Lassen Sie sofort den Jungen los!«, rief Franzi.
Doch der aufgebrachte Nachbar reagierte nicht. Er schimpfte weiter und hörte nicht auf, Khaleed zu schütteln.
»Es reicht!« Kim riss den verängstigten Jungen von Herrn Poschke weg. Khaleed zitterte am ganzen Körper und stieß leise Klagelaute aus. »Alles in Ordnung?«, fragte sie sanft, aber er antwortete nicht.

»Nichts ist in Ordnung!« Herr Poschke schnaufte, als hätte er einen Marathonlauf hinter sich. »Der Bengel wollte mein Auto klauen!«

»Was?« Die drei !!! wechselten einen schockierten Blick.

»Das glauben Sie doch selbst nicht«, sagte Marie.

»Ihr braucht ihn gar nicht in Schutz zu nehmen.« Herr Poschke warf Khaleed einen bitterbösen Blick zu. »Ich hab den Lümmel in flagranti erwischt.«

»Das ist doch Unsinn!« Franzi schüttelte den Kopf. »Khaleed ist neun Jahre alt. Wie soll er denn ein Auto klauen?«

»Ich weiß, was ich gesehen habe«, beharrte Herr Poschke. »Ich habe ein seltsames Geräusch in der Garage gehört. Als ich nachgeschaut habe, saß der Junge auf dem Fahrersitz und hatte die Hände auf dem Lenkrad. Das ist ja wohl eindeutig, oder?«

Kim legte schützend die Arme um Khaleed. Er schmiegte sich an sie. »Jetzt mal ganz langsam. Wie ist er überhaupt in Ihre Garage gekommen?«

Herr Poschke zuckte mit den Schultern. »Was weiß denn ich? Das ist doch auch völlig unwichtig. Er wollte meinen Wagen stehlen! Das ist ein Fall für die Polizei.«

Beim Wort ›Polizei‹ zuckte Khaleed zusammen und begann zu weinen.

»Keine Angst, dir geschieht nichts«, versuchte Kim, den Jungen zu beruhigen. »Willst du mir nicht erzählen, was du hier gemacht hast?«

Khaleed schluchzte heftig. Er vergrub den Kopf an Kims Schulter und klammerte sich an sie wie ein Ertrinkender.

»Der Junge steht unter Schock«, stellte Franzi fest. »Mussten

Sie ihn so anbrüllen? Wer weiß, was für Erinnerungen das in ihm wachgerufen hat.«

Herr Poschke schnaubte. »Unsinn! Der spielt doch nur Theater, um nicht bestraft zu werden. Aber damit kommt er bei mir nicht durch. Nicht zu fassen, dass so ein kleiner Junge schon kriminell ist. Es ist wirklich noch schlimmer, als ich dachte …«

Kim hätte gerne Khaleeds Sicht der Dinge erfahren. Aber aus dem Jungen würden sie kein vernünftiges Wort herausbekommen, dazu war er viel zu durcheinander.

»Am besten, wir bringen Khaleed nach Hause«, sagte Marie.

Kim nickte. »Er braucht jetzt seine vertraute Umgebung und viel Ruhe.«

Ohne sich um Herrn Poschkes Protest zu kümmern, verließen die drei !!! die Garage. Sie nahmen den Jungen in die Mitte und führten ihn vom Grundstück. Zum Glück waren es nur wenige Schritte bis zum *Haus Heimathafen*.

»Khaleed! Was ist los?«, rief Sabine, nachdem sie die Tür geöffnet und einen Blick auf den Jungen geworfen hatte.

»Es gab leider einen unschönen Zwischenfall«, erklärte Marie. »Dürfen wir kurz reinkommen?«

»Klar.« Sabine führte sie in die Küche.

Die Kartons waren verschwunden und alle Schränke eingeräumt. Auf dem Tisch leuchtete ein Strauß Herbstastern und auf der Fensterbank flackerten Kerzen. Aveen stand am Herd und rührte in einem Topf. Es roch nach Knoblauch, Zitronensaft und geröstetem Brot. Aveen lächelte, als die Detektivinnen eintraten, doch beim Anblick von Khaleeds tränenüberströmtem Gesicht verdüsterte sich ihre Miene.

Die drei !!! setzten sich an den Küchentisch.
»Wartet kurz, ich bin gleich wieder da«, sagte Sabine. »Ich hole nur schnell Falk. Er macht gerade mit Ahmed Hausaufgaben.«
Kurze Zeit später kehrte sie mit ihrem Kollegen zurück. Falks Gesicht war ernst. »Was ist passiert?«
Sabine setzte sich neben Kim und nahm den verängstigten Khaleed auf den Schoß, während Kim, Franzi und Marie abwechselnd erzählten.
»Khaleed soll ein Autodieb sein?« Sabine lachte auf. »So ein Quatsch!« Sie drückte den Jungen an sich.
»Er würde niemals etwas stehlen«, sagte Falk. »Das ist eine ganz gemeine Unterstellung.«
»Ich glaube auch nicht, dass Khaleed den Wagen klauen wollte«, versicherte Kim. »Es muss sich um ein dummes Missverständnis handeln.«
»Die Frage ist allerdings, was er in Herrn Poschkes Garage und in seinem Auto gemacht hat«, sagte Franzi.
»Das werden wir schon noch herausfinden.« Sabine streichelte Khaleeds Rücken. »Aber nicht jetzt. Erst muss sich der Junge beruhigen. Ihr seht ja, dass er völlig durch den Wind ist.«
Die ruhige Atmosphäre in der behaglichen Küche schien Khaleed gutzutun. Er weinte nicht mehr und hörte allmählich auf zu zittern. Seine Augen waren geschlossen und er hatte den Daumen in den Mund gesteckt wie ein kleines Kind.
»Khaleed ist guter Junge«, sagte Aveen, die bisher stumm zugehört hatte. »Kein Dieb.«

Falk seufzte. »Hoffentlich wirft ihn das in seiner Entwicklung nicht wieder zurück. Als er zu uns gekommen ist, hat er kaum gesprochen und ständig am Daumen gelutscht. Es war nicht leicht, sein Vertrauen zu gewinnen und ihn dazu zu ermutigen, sich zu öffnen.«

»Gut, dass ihr da wart und euch um ihn gekümmert habt.« Sabine lächelte den drei !!! zu. »Danke!«

»Kein Problem.« Marie lächelte zurück.

Kim schnupperte genießerisch. »Was riecht hier eigentlich so gut?«

»Aveen kocht uns etwas Leckeres zum Abendessen«, sagte Falk. »Eine syrische Spezialität. Wie heißt das Gericht noch mal?«

»Hummus«, antwortete Aveen.

»Nie gehört.« Kim zuckte ratlos mit den Schultern. »Was ist das?«

»Brei aus Kichererbsen mit Knoblauch und Zitrone.« Aveen stellte die Herdplatte niedriger und rührte den Inhalt des Topfes noch einmal um. »Dazu essen wir Fladenbrot.« Sie warf einen Blick in den Backofen, wo mehrere runde, flache Brote rösteten.

»Klingt superlecker.« Kim lief das Wasser im Mund zusammen.

»Wollt ihr mitessen?«, fragte Sabine. »Es ist bestimmt genug für alle da, oder, Aveen?«

Aveen nickte eifrig.

»Toll, gerne!« Kim ließ sich nicht lange bitten. Sie hatte eine Schwäche für Fladenbrot. Und der Hummus duftete einfach himmlisch.

Khaleed war auf Sabines Schoß eingeschlafen. Er atmete ruhig und friedlich. Als Sabine ihm vorsichtig die letzte Träne von der Wange wischte, klingelte es an der Haustür. Die Betreuerin zuckte zusammen und Khaleed wachte wieder auf.

Sabine und Falk wechselten einen Blick.

»Wer kann das sein?«, fragte Sabine.

Falk zuckte mit den Schultern. »Keine Ahnung. Ich schau mal nach.«

Er ging aus der Küche. Kurze Zeit später hörte Kim eine aufgebrachte Männerstimme, die sie leider nur zu gut kannte.

»Herr Poschke«, stellte sie fest.

Khaleed drückte sich an Sabine und lutschte heftig am Daumen.

»Ich bringe ihn nach oben in sein Zimmer«, sagte Sabine. »Es ist besser, wenn er den Mann nicht noch einmal sehen muss.«

Sie nahm Khaleed auf den Arm, obwohl er eigentlich viel zu groß dafür war, und trug ihn hinaus.

»Was will Herr Poschke hier?«, fragte Franzi.

»Sich beschweren wahrscheinlich«, vermutete Kim. »Armer Falk! Kommt, wir geben ihm Rückendeckung.«

Die drei !!! gingen in den Flur. Falk stand in der Tür und hörte sich geduldig Herrn Poschkes Vorwürfe an. Auf den ersten Blick wirkte er völlig gelassen, aber Kim sah an seinem zusammengepressten Kiefer, dass er innerlich kochte.

»Passen Sie gefälligst besser auf Ihre Gören auf!«, schimpfte Herr Poschke gerade. »Es kann nicht sein, dass sie innerhalb kürzester Zeit die ganze Straße unsicher machen.«

Er war nicht allein. Neben ihm standen ein paar andere Nachbarn, die zustimmend nickten. Kim kannte jeden Einzelnen von ihnen. Ihr wurde kalt, als sie in die wütenden Gesichter blickte. Was war nur mit den Leuten los? Ihr fiel ein, was Kommissar Peters gesagt hatte. Sie hatten Angst. Angst vor dem Fremden, das in ihre vertraute Welt eingebrochen war. Sahen sie denn nicht, dass es nur Kinder waren, von denen überhaupt keine Bedrohung ausging? Kinder, die Schutz und Hilfe brauchten statt Anfeindungen und böse Worte!

»Unsere Kinder haben nichts getan«, erklärte Falk ruhig.

»Von wegen!« Herr Poschke lachte höhnisch. »Ich hab den Bengel doch gerade auf frischer Tat ertappt. Er wollte mein Auto klauen! Aber das wird noch ein Nachspiel haben.«

»Gehen Sie jetzt bitte«, sagte Falk, ohne auf die Drohung einzugehen. »Sie erschrecken die Kinder.«

Hinter den drei !!! waren Ahmed, David und Aveen aufgetaucht. Davids Gesicht war eine ausdruckslose Maske, doch in Ahmeds und Aveens Augen lag Angst.

»Man traut sich ja kaum noch aus dem Haus«, rief ein Nachbar. »So geht das nicht weiter! Das muss ein Ende haben.«

»Genau!«, stimmte Herr Poschke zu. »Und was tut die Polizei? Nichts! Dann müssen wir uns eben selbst helfen.« Nach einem letzten bösen Blick auf Falk und seine Schützlinge drehte er sich um und trat den Rückzug an.

Falk schloss seufzend die Tür. »Die wären wir erst mal los.«

»Fragt sich nur, für wie lange«, sagte Franzi. »Was hat Herr Poschke damit gemeint, dass er und die anderen Nachbarn sich selbst helfen müssen?«

»Bestimmt nichts Gutes.« Kim zog die Schultern hoch.
Falk winkte ab. »Das war garantiert nur so dahingesagt. Ich kenne diese Typen. Viel Lärm um nichts.«
Kim war sich da nicht so sicher. Sie wusste aus Erfahrung, dass Herr Poschke sehr unangenehm werden konnte. Er hatte sich schon unzählige Male bei ihren Eltern über die Zwillinge und Pablo beschwert. Einmal hatte er sogar ihren geliebten Fußball einkassiert, als er über den Zaun in seinen Garten geflogen war, und sich geweigert, ihn wieder herauszugeben. Nicht einmal der Besuch ihres Vaters hatte ihn versöhnlich gestimmt. Ben und Lukas hatten zum Geburtstag einen neuen Ball bekommen, der alte war nie wieder aufgetaucht. Eins wusste Kim ganz genau: Herrn Poschke traute sie alles zu!

Schnäppchen gefällig?

Detektivtagebuch von Kim Jülich
Montag, 15:57 Uhr
Die Lage spitzt sich zu. Die Stimmung in unserer Straße wird immer unangenehmer. Ich hab überhaupt kein gutes Gefühl dabei. Die Angst ist förmlich mit Händen zu greifen. Ich verstehe das einfach nicht! Wie kann man vor Aveen oder Khaleed Angst haben? Sie haben niemandem etwas getan. Aber wahrscheinlich sind solche Gefühle nicht mit Logik zu erklären …
Herr Poschke und ein paar andere Nachbarn wollen jetzt private Nachtwachen organisieren, um ihre Gärten, Häuser und Autos zu schützen. Sie haben Papa gefragt, ob er auch mitmachen will, aber er hat natürlich abgelehnt. So einen Quatsch unterstützt er nicht, hat er gesagt. Das finde ich total super von ihm. Herr Poschke war allerdings weniger begeistert. Vorhin, als ich ihm auf dem Rückweg von der Schule begegnet bin, hat er mich nicht gegrüßt. Na und? Mir doch egal!
Frau Moser will Unterschriften sammeln, damit die Wohngruppe in einen anderen Stadtteil verlegt wird. Das finde ich echt gemein! Aveen und die anderen haben sich gerade hier eingewöhnt und jetzt sollen sie wieder weg. So weit darf es nicht kommen!
Deshalb müssen wir so schnell wie möglich herausfinden, wer hinter den seltsamen Ereignissen in unserer Straße steckt. Ich hab die Fingerabdrücke von der Mülltonne ausgewertet. Leider sind sie alle von mir oder meinen Eltern. (Mama und Papa fanden es übrigens nicht so toll, dass ich ihnen Fingerabdrücke

abnehmen wollte. Es hat mich einige Überredungskunst gekostet. Leider geht die Farbe nicht so gut ab, sodass Mama heute mit blauen Fingerkuppen in die Schule gehen musste … hihi … ☺)
Sehr bezeichnend übrigens: KEIN EINZIGER Fingerabdruck auf dem Mülltonnendeckel gehörte den Zwillingen. Wenn sie das nächste Mal behaupten, sie würden regelmäßig den Müll rausbringen, hab ich eindeutige Beweise für das Gegenteil!
Da wir mit den Fingerabdrücken nicht weiterkommen, haben wir den Mülltonnen-Tätern eine Falle gestellt. Mal sehen, ob sie zuschnappt!

Geheimes Tagebuch von Kim Jülich
Montag, 16:22 Uhr
Vorsicht: Wer jetzt nicht aufhört zu lesen, muss bis an sein Lebensende den Müll rausbringen! Ich kenne zwei, für die das schlimmer wäre als jeder böse Fluch … ☺
Mir ist endlich ein gutes Reportage-Thema eingefallen!! Gestern, als wir in Aveens Küche saßen und den superleckeren Hummus gegessen haben (eine Paste aus Kichererbsen, Knoblauch, Zitronensaft und Gewürzen), hatte ich einen Geistesblitz. Ich schreibe über die Flüchtlinge! Über Aveen, Khaleed, Ahmed und all die anderen Kinder und Jugendlichen, die ohne Eltern auf der Flucht sind, über ihren langen Weg nach Deutschland und darüber, wie sie hier leben. Ich hab mir gestern Abend schon ein paar Stichpunkte gemacht, die werde ich gleich noch ausformulieren. Ich könnte Aveen, Khaleed, Sabine und Falk interviewen oder Aveen einen Tag lang begleiten und ihren Alltag dokumentieren. Die Ideen schwirren nur so durch meinen Kopf. Das Thema finde ich total spannend. Und es ist brandaktuell!

Leider ist heute schon Bewerbungsschluss, ich muss mich also beeilen. Hoffentlich kriege ich einen Platz in dem Workshop! Übrigens gibt es noch eine gute Nachricht: Unser Spendenaufruf am Freitag war ein voller Erfolg! Im Jugendzentrum sind schon jede Menge Sache abgegeben worden. Morgen wollen wir sie abholen und in die Wohngruppe bringen. Aveen und die anderen werden Augen machen!

»Da vorne links.« Marie saß auf dem Beifahrersitz und wedelte mit der linken Hand.

Grinsend setzte Sami den Blinker. »Ich weiß, wo links ist.«

Marie zog eine Schnute. »Ich wollte nur auf Nummer sicher gehen. Manchmal ist dein Deutsch ja noch etwas holprig.«

»Danke für das Kompliment.« Sami lachte.

Der finnische Au-pair-Junge, der seit dem Sommer bei Grevenbroichs wohnte, unterstützte die Familie, indem er sich um Maries dreijährigen Halbbruder Finn kümmerte und Maries Stiefmutter Tessa im Haushalt zur Hand ging. Herr Grevenbroich hatte sich erst an den Gedanken eines männlichen Au-pairs gewöhnen müssen, aber Sami machte seine Sache so gut, dass selbst Maries Vater ihn inzwischen in den höchsten Tönen lobte.

»Keine Ursache.« Marie schenkte Sami ein strahlendes Lächeln. »Ich finde übrigens, dass du riesige Fortschritte gemacht hast, seit du bei uns bist.« Sie schlug lässig die Beine übereinander, die in einer blickdichten schwarzen Strumpfhose und schwarzen Lederstiefeln steckten. Dazu trug sie ein petrolfarbenes Minikleid aus Mohair-Wolle, das ihre blonden Haare leuchten ließ.

»Schickes Kleid«, bemerkte Franzi, die neben Kim auf der Rückbank saß. »Fast ein bisschen zu schick zum Kistenschleppen, oder?«
Die drei !!! waren unterwegs zum Jugendzentrum, um die Spenden abzuholen. Netterweise hatte sich Sami bereit erklärt, sie zu fahren, da sie die vielen Sachen unmöglich mit den Rädern oder dem Bus hätten transportieren können.
»Ich finde, man sollte in jeder Situation gut angezogen sein.« Marie zupfte einen Fussel von ihrem Kleid. »Schließlich weiß man nie, wann man seinem Traummann begegnet. Meinst du nicht auch, Sami?« Sie sah ihn mit schief gelegtem Kopf an.
»Stimmt.« Sami nickte ernst. »Ich hab extra meine beste Jeans angezogen und Turnschuhe ohne Löcher, falls ich heute meinen Traummann treffe.«
Franzi und Kim lachten.
Marie verdrehte die Augen. »Sehr witzig!«
Kim grinste. Marie konnte es einfach nicht lassen! Seit Sami bei Grevenbroichs eingezogen war, versuchte sie, mit ihm zu flirten. Bisher hatte er sie jedes Mal freundlich, aber bestimmt abblitzen lassen. Marie nahm es als sportliche Herausforderung und probierte es immer wieder. Was vielleicht gar nicht so schlecht war, denn dieses kleine Spiel schien sie zumindest zeitweise von ihren Gedanken an Holger und seine neue Flamme Selma abzulenken. Die beiden hatten sich beim Parkouring kennengelernt und Holger hatte sich offenbar Hals über Kopf in das sportliche Mädchen verliebt.
»Wie geht es Finn?«, fragte Franzi. »Hab ihn lange nicht gesehen.«

»Finn geht neuerdings in den Waldkindergarten«, erzählte Marie. »Er hat kurzfristig einen Platz bekommen, weil ein anderes Kind weggezogen ist, und Tessa und Helmut haben sofort zugesagt. Die Plätze sind total begehrt und es gibt eine lange Warteliste.«
»Wir machen gerade die Eingewöhnung«, sagte Sami.
»Und wie gefällt es ihm?«, erkundigte sich Kim.
»Ganz gut. Finn ist noch etwas schüchtern, aber das ist ja normal am Anfang.« Sami hielt an einer roten Ampel. »Der Kindergarten ist superschön. Er liegt mitten im Wald und die Kinder sind den ganzen Tag draußen, bei jedem Wetter.« Die Ampel wurde grün und Sami fuhr weiter.
»Aber was ist, wenn es ein Gewitter gibt?«, fragte Kim. »Oder einen Schneesturm?«
»Sie haben ein kleines Blockhaus, in das sie gehen können. Fast wie in Finnland!« Sami grinste. »Fehlt bloß die Sauna.«
»Da vorne ist es.« Marie zeigte auf das Jugendzentrum, das hinter einer Kurve auftauchte. »Am besten, du hältst gleich neben dem Eingang, dann müssen wir das Zeug nicht so weit schleppen.«
Sami parkte den Wagen schwungvoll ein und die drei !!! stiegen aus. Ole kam ihnen schon entgegen. Der Betreuer hatte sich darum gekümmert, dass die Spenden im Jugendzentrum gesammelt und aufbewahrt wurden.
»Da seid ihr ja!« Er begrüßte Sami und die Mädchen. »Ihr werdet euch wundern. Es ist total viel abgegeben worden.« Er zwinkerte Marie zu. »Dein Auftritt beim Lichterfest hat es echt gebracht.«
Sie gingen ins Gebäude. In der Eingangshalle stapelten sich

Kartons, Kisten und Plastiktüten. Dazwischen standen ein Cityroller, ein alter Puppenwagen, zwei kleine Fußballtore und einige andere Sachen.

Kim blickte in einen Karton. »Wollpullis, Jeans, Strumpfhosen, Winterjacken, Schneestiefel …«

»Hier ist lauter Spielzeug drin!« Franzi hatte eine andere Kiste geöffnet.

Marie wühlte in einer Plastiktüte. »Bücher, Hefte, Stifte …«

»Ich hätte nicht gedacht, dass die Leute so viel spenden«, sagte Kim. »Wahnsinn!«

»Die Aktion war auf jeden Fall ein voller Erfolg«, stellte Ole fest.

»Dann wollen wir mal.« Sami hob einen Karton hoch. »Hoffentlich passt alles ins Auto.«

Ole schnappte sich den Cityroller und den Puppenwagen und folgte Sami nach draußen.

Kim wollte gerade nach zwei Plastiktüten greifen, da steuerte ein Mädchen auf die Detektivinnen zu.

»Cooles Outfit!« Sie nickte Marie anerkennend zu.

»Danke!« Marie lächelte geschmeichelt.

»Man sieht gleich, dass du dich für Mode interessierst. Du bist doch Marie Grevenbroich, oder?«

Marie nickte. »Und du bist?«

»Sarah. Ich bin fast jeden Nachmittag hier. Ich glaube, wir sind uns schon mal beim Jugend-Café über den Weg gelaufen. Ihr wart letzten Freitag auch beim Lichterfest, stimmt's?«

Kim fragte sich, was diese Sarah von ihnen wollte. Ging es um die Spendenaktion? Oder brauchte sie Hilfe vom Detektivclub?

»Steht ihr auf Schnäppchen?«, fragte Sarah.
Marie zuckte mit den Schultern. »Klar. Wer tut das nicht?«
»Dann hab ich was für euch. Eine einmalige Gelegenheit!« Sie zog etwas aus ihrem Rucksack.
Kim runzelte die Stirn. »Eine Handtasche?«
Sarah hielt die Tasche hoch. »Das ist eine original *You&Me*-Handtasche. So gut wie neu! Du weißt ja bestimmt, was die normalerweise kosten, oder?«
»Allerdings.« Marie betrachtete die Tasche mit zusammengekniffenen Augen.
»Ich würde sie dir zum absoluten Schnäppchenpreis verkaufen.« Sarah überlegte kurz. »Sagen wir … fünfzig Euro?«
»Darf ich mal sehen?« Kim griff nach der Tasche. Sie war aus rotem Leder und hatte grün-weiß kariertes Innenfutter. Bei Kim schrillten alle Alarmglocken. Genau so ein Modell war aus Frau Roses Auto gestohlen worden! Konnte das Zufall sein? Sie warf einen schnellen Blick zu Franzi und Marie, denen die Verbindung zu ihrem aktuellen Fall ebenfalls nicht entgangen war.
»Die Tasche ist in einem Top-Zustand«, versicherte Sarah, die das Schweigen der Detektivinnen falsch interpretierte. »Und der Preis ist sensationell.«
Kim tat so, als würde sie überlegen. Dann gab sie Sarah die Handtasche zurück. »Sorry, aber mein Taschengeld reicht leider nicht. Wie ist es mit dir, Marie?« Sie zwinkerte Marie unauffällig zu.
Marie verstand sofort und spielte mit. »Genau so eine Tasche wünsche ich mir schon ewig. Aber im Laden sind die viel zu teuer. Wieso verkaufst du sie so günstig?«

»Ist ein echter Glücksfall«, behauptete Sarah. »Mein Freund Leo hat die Tasche von der Freundin eines Kumpels bekommen. Ihr gefällt die Farbe nicht, darum will sie sie loswerden.«
»Warum bietet sie die Tasche nicht selbst an?«, fragte Franzi.
Sarah zuckte mit den Schultern. »Ist ihr zu stressig, schätze ich. Außerdem hab ich mehr Erfahrung mit so was. Leo kennt total viele Leute und kommt öfter an gebrauchte Sachen heran, die er dann über das Internet verkauft. Oder er gibt sie mir und ich frage herum, wer was brauchen kann.«
»Klingt interessant«, sagte Kim. »Was sind das denn für Sachen?«
»Alles Mögliche.« Sarah dachte kurz nach. »Gebrauchte Handys, Jacken, manchmal auch ein Tablet.«
»Und Navis?«, fragte Franzi.
»Keine Ahnung. Warum willst du das wissen?« Sarah wurde plötzlich misstrauisch. »Was soll die Fragerei? Willst du die Tasche jetzt haben oder nicht?« Sie sah Marie auffordernd an.
»Dein Angebot ist wirklich super. Dummerweise hab ich mir gerade dieses Kleid gekauft. Eigentlich sind diesen Monat keine Extra-Ausgaben mehr drin.« Marie tat so, als würde sie heftig mit sich ringen.
»Okay, vierzig Euro«, sagte Sarah.
»Dreißig?«
»Fünfunddreißig! Das ist mein letztes Wort.«
»Echt? Super!« Marie zog ihr Portemonnaie hervor. »Gekauft!« In Situationen wie diesen war es sehr nützlich, dass Marie reichlich Taschengeld von ihrem Vater bekam.

Marie bezahlte, nahm die Tasche entgegen und Sarah verschwand zufrieden in Richtung Clubraum.
»Meint ihr, das ist Frau Roses Tasche?«, fragte Franzi, sobald Sarah außer Hörweite war.
»Möglich wäre es«, sagte Kim.
Marie untersuchte die Tasche. »Ihre Beschreibung passt jedenfalls haargenau.«
»Dann müsste dieser Leo Kontakte zu den Autoknackern haben«, überlegte Franzi weiter.
»Genau!« Kims Augen blitzten aufgeregt. »Leo bekommt von den Autoknackern das Diebesgut aus den aufgebrochenen Wagen und verkauft es über das Internet oder Sarah weiter. Klingt logisch!«
»Das wäre eine superheiße Spur!« Auch Franzi bekam rote Wangen.
»Wir sollten Frau Rose so schnell wie möglich die Tasche zeigen«, sagte Marie. »Wenn es tatsächlich ihre ist, haben wir eine glasklare Verbindung zur Autoknacker-Bande.«
»Aber vorher müssen wir die Spenden im *Haus Heimathafen* abgeben.« Kim fuhr sich durch ihre kurzen Haare. »Lasst uns schnell mit anpacken, dann können wir gleich los.«
Doch als sich die Detektivinnen umblickten, konnten sie keinen einzigen Karton mehr entdecken.
»Zu spät!« Sami, der gerade hereingekommen war, schüttelte amüsiert den Kopf. »Ole und ich haben schon alles ins Auto gebracht.«
Kim war es etwas peinlich, dass sie, Franzi und Marie überhaupt nicht mitgeholfen hatten. »Sorry, aber wir mussten gerade etwas Wichtiges klären.«

»Hat etwas mit unserem neuen Fall zu tun«, fügte Marie hinzu.
»Ah ja.« Sami warf einen zweifelnden Blick auf die rote Handtasche. »Die hast du doch gerade gekauft, oder?«
Marie nickte. »Für einen Spottpreis«, stellte sie zufrieden fest.
»Und was hat Shoppen mit Detektivarbeit zu tun?«
»Na ja, eigentlich nichts, aber …« Marie seufzte. »Das kann ich dir jetzt nicht erklären. Dazu müsste ich streng geheime Ermittlungsergebnisse verraten.«
»Schon klar«, sagte Sami trocken.
»Vertrau mir einfach.« Marie hakte sich bei Sami ein. »Du glaubst doch nicht wirklich, dass ich dich anlüge, oder?«
Sami grinste. »Natürlich nicht.« Er führte Marie zum Auto und hielt ihr galant die Beifahrertür auf.
Kim und Franzi verabschiedeten sich schnell von Ole und folgten den beiden.
»Marie kann es einfach nicht lassen«, flüsterte Franzi Kim zu.
»Das ist bestimmt genetisch bedingt«, gab Kim leise zurück.
»Wo andere ein einziges Flirt-Gen haben, hat sie mindestens drei. Vielleicht auch vier.«
»Eher fünf«, meinte Franzi, während sie hinten einstieg.
Franzi und Kim prusteten los.
»Was gibt es denn da zu kichern?« Marie wandte sich zu ihren Freundinnen um.
Kim und Franzi wechselten einen Blick.
»Nicht so wichtig.« Kim versuchte, ernst zu bleiben. »Wir haben uns nur ein bisschen über Vererbungslehre unterhalten.«
Franzi verbiss sich vergeblich das Lachen.
Marie verdrehte die Augen. »Alberne Hühner!«

Wie im Wilden Westen

»Das ist ja super! Großartig! Einfach unglaublich!« Sabine kam aus dem Staunen gar nicht mehr raus.
Sami, Falk und die drei !!! holten eine Kiste nach der anderen aus dem Auto und brachten sie in die Küche der Wohngruppe. Dieses Mal halfen die Detektivinnen fleißig mit.
»So, das war der letzte Karton.« Falk wischte sich die Hände an seiner Jeans ab.
»Braucht ihr mich noch?«, fragte Sami. »Ich müsste allmählich wieder zu Finn.«
»Kein Problem«, sagte Marie. »Danke für deine Hilfe!« Sie warf ihm eine Kusshand zu. »Ich fahre nachher mit dem Bus zurück.«
Sami verabschiedete sich von den anderen und ging aus der Küche.
»Sind das wirklich alles Spenden?«, fragte Falk mit Blick auf die Kartons.
Kim nickte stolz. »Toll, oder? Ich hoffe, ihr könnt die Sachen gebrauchen.«
Sabine kramte bereits in einer Klamottenkiste. »Winterstiefel, Schneehosen, dicke Pullis, Strumpfhosen … und ob wir das gebrauchen können!«
Aveen und Khaleed kamen herein.
»Hallo!« Aveen lächelte den drei !!! zu. Sie zeigte auf die Kartons. »Was ist das?«
»Das sind Sachen, die die Kinder vom Jugendzentrum für euch gespendet haben«, erklärte Franzi.

Aveen machte große Augen. »Das alles ist für uns?«
»Ich hab dir auch ein paar Teile rausgesucht.« Marie reichte Aveen eine Papiertüte. »Die Klamotten sind vom letzten Jahr, aber ich hab sie kaum getragen.«
Maries Kleiderschrank war riesig und stets gut gefüllt. Sie liebte es, vor dem Spiegel verschiedene Kombinationen auszuprobieren und neue Trends zu kreieren.
»Danke!« Aveen strahlte über das ganze Gesicht.
»Meine Mutter hat Hosen und Pullover aussortiert, die den Zwillingen zu klein geworden sind.« Kim holte einen Kleiderstapel aus ihrem Rucksack. »Die müssten Khaleed eigentlich passen.«
Aber Khaleed interessierte sich nicht für Klamotten. Stattdessen wühlte er begeistert in einem Karton voller Spielzeug. Er zog ein rotes Plastikauto heraus und ließ es über den Küchenboden rollen.
»Geht es ihm wieder besser?«, fragte Franzi leise.
Sabine nickte. »Er hat sich zum Glück relativ schnell von dem Zwischenfall mit dem Nachbarn erholt. Zumindest äußerlich«, fügte sie nach kurzem Zögern hinzu. »Wie es in ihm drin aussieht, wissen wir natürlich nicht. Er hat in seinem Heimatland und auf der Flucht schreckliche Dinge erlebt. Es wird sicher sehr lange dauern, bis er das alles endgültig verarbeitet hat.«
Khaleed ließ das Auto zwischen zwei Kartons ein- und wieder ausparken. Er war völlig in sein Spiel versunken und schien nichts um sich herum wahrzunehmen.
Falk beobachtete ihn lächelnd. »Khaleed ist ein echter Autonarr. Manchmal blättert er stundenlang in einer Autozeit-

schrift und er kennt sämtliche Marken. Rote Fahrzeuge liebt er besonders.«

»Leider hat Herr Poschke tatsächlich Anzeige erstattet«, berichtete Sabine. »Gestern hatten wir Besuch von zwei Polizisten.«

»Was?« Franzi zog besorgt die Augenbrauen zusammen. »Wie hat Khaleed darauf reagiert?«

»Ganz gut«, antwortete Falk. »Glücklicherweise waren die Männer in Zivil. Uniformen jagen ihm Angst ein. Wahrscheinlich hängt das mit einem traumatischen Erlebnis während seiner Flucht zusammen.«

»Was wollten die Polizisten?«, fragte Kim.

»Sie haben Khaleed zu dem Vorfall in der Garage befragt«, erzählte Sabine.

»Und?«, hakte Marie nach.

»Khaleed hat erzählt, dass er das Auto nicht klauen wollte. Er hat sich den Wagen nur angeschaut, weil er so schön rot war.«

»Wie ist er in die Garage gekommen?«, wollte Kim wissen.

»Sie stand offen und das Auto war nicht abgeschlossen. Es steckte sogar der Schlüssel! Also hat sich Khaleed ans Steuer gesetzt und so getan, als würde er über die Autobahn düsen.«

»Es war also nur ein Spiel?«

Sabine nickte. »Genau! Wobei es natürlich nicht richtig war, einfach in eine fremde Garage zu gehen und sich in ein Auto zu setzen, das einem nicht gehört. Wir haben mit Khaleed ausführlich darüber geredet und er hat versprochen, es nie wieder zu tun.«

»Haben die Polizisten ihm geglaubt?«, fragte Franzi.

»Ich denke schon«, sagte Sabine. »Sie meinten, wir sollten

uns nicht zu große Sorgen machen. Der Fall wird vermutlich eingestellt.«

»Es war also tatsächlich nur ein Missverständnis.« Kim atmete auf. »Das hab ich ja von vornherein vermutet.« Sie runzelte die Stirn. »Ich frage mich nur, warum Herr Poschke so unvorsichtig war. Normalerweise lässt er seine Garage nie offen. Und sein geliebtes Auto schon gar nicht.«

»Das ist wirklich seltsam«, bestätigte Marie. »Ich weiß noch genau, wie er zu uns gesagt hat, er würde jetzt immer besonders gut abschließen.«

»Vielleicht hat er nicht dran gedacht«, meinte Franzi. »Oder er wollte gerade irgendwohin fahren und musste noch mal ins Haus, weil er etwas vergessen hatte.«

Sabine ging zur Spüle und ließ Wasser in den Wasserkocher. »Möchtet ihr einen Tee?«

»Nein danke, wir müssen leider gleich wieder los.« Kim zuckte bedauernd mit den Schultern. »Wir haben noch etwas zu erledigen.«

»Das nächste Mal bleiben wir länger«, versprach Franzi, als sie Aveens enttäuschtes Gesicht sah.

»Danke noch mal für eure Unterstützung.« Falk deutete auf die Kartons. »Das ist echt toll!«

»Gern geschehen.« Kim wandte sich an Aveen. »Sag Bescheid, wenn du neue Bücher brauchst. Ich kann dir jederzeit welche leihen. Hat dir der Krimi gefallen?« Da die Auswahl an Tiergeschichten und Liebesromanen in Kims Bücherregal ziemlich überschaubar war, hatte sie noch einen Krimi dazugelegt.

Aveen nickte. »Er war sehr spannend!«

»Davon hab ich jede Menge.« Kim grinste. »Wart's ab, mit der Zeit wird aus dir noch ein echter Krimi-Fan!«

Nachdem die drei !!! die Wohngruppe verlassen hatten, machten sie sich auf den Weg zum Haus von Familie Rose. Es war inzwischen dunkel geworden. Der Bürgersteig glänzte feucht und leichter Nebel lag über den Gärten. Feine Regentropfen hingen beinahe bewegungslos in der kalten Luft.
»Echt ungemütliches Wetter.« Marie zog fröstelnd die Schultern hoch.
Ein paar Männer tauchten aus der Dunkelheit auf. Kim wollte ausweichen, aber die Männer blieben breitbeinig stehen und versperrten ihnen den Weg.
»Wo wollt ihr hin?«, fragte einer von ihnen scharf. Er war sehr groß und trug einen verbeulten Filzhut, dessen Krempe seine Augen verdeckte.
»Das geht Sie gar nichts an!«, sagte Franzi ärgerlich. »Lassen Sie uns bitte durch.«
»Erst wenn ihr uns sagt, was ihr hier zu suchen habt«, gab der Mann zurück.
»Dies ist eine öffentliche Straße, die jeder benutzen darf.« Kim blieb ganz ruhig. »Wir sind Ihnen keine Rechenschaft schuldig.«
»Die kenne ich!« Ein kleiner, drahtiger Mann mit einer Wollmütze auf dem Kopf trat vor und zeigte auf Kim. »Das ist die kleine Jülich.«
»Ach so«, brummte der Typ mit dem Hut. »Sag doch gleich, dass du hier wohnst.«
»Was soll das eigentlich?«, regte sich Franzi auf. »Sind wir

hier im Wilden Westen und Sie sind die selbst ernannten Sheriffs?«

Der Mann mit dem Hut grinste. »So ungefähr. Wir sind die neue Nachbarschaftswache und sorgen dafür, dass es hier in der Gegend keine weiteren Zwischenfälle gibt.«

»Was heißt das genau?« Kim spürte Unbehagen in sich aufsteigen. Sie erkannte jetzt einige Männer aus der Nachbarschaft, die ungewöhnlich ernst aussahen. »Patrouillieren Sie etwa Tag und Nacht durch die Straße?«

»Wir konzentrieren uns auf den Abend und die Nacht«, erklärte der Mann mit der Wollmütze. »Eine Vollzeit-Überwachung wäre zeitlich nicht zu schaffen. Schließlich sind die meisten von uns berufstätig.«

»Geht jetzt lieber nach Hause«, riet der Typ mit dem Hut. »Im Dunkeln kann es schnell gefährlich werden.«

»Danke, aber wir können sehr gut auf uns selbst aufpassen«, sagte Marie spitz.

Die Detektivinnen gingen weiter und auch die Männer setzten ihren Weg fort.

»Fehlen nur noch der Sheriffstern und das Pferd, dann könnten die problemlos im nächsten Hollywood-Western mitspielen«, witzelte Franzi.

Aber Kim war nicht zum Lachen zumute. Die Begegnung hatte einen unguten Nachgeschmack bei ihr hinterlassen. »Ich hätte nicht gedacht, dass Herr Poschke es tatsächlich schafft, eine Nachbarschaftswache auf die Beine zu stellen.«

»Das zeigt nur, wie verunsichert die Leute sind«, sagte Marie. »Sie glauben, wenn sie alles überwachen, kann ihnen nichts passieren.«

»Was natürlich Quatsch ist«, bemerkte Franzi. »Totale Kontrolle ist unmöglich.«
Kim seufzte. »Das gefällt mir gar nicht. Drehen denn allmählich alle Nachbarn durch?« Vor dem Haus von Familie Rose blieb sie stehen. »Dieser Fall geht mir ganz schön an die Nieren.«
»Kein Wunder.« Franzi sah Kim mitfühlend an. »Schließlich spielt sich alles direkt vor deiner Haustür ab.«
Kim ließ die Schultern hängen. Sie fühlte sich erschöpft und ausgelaugt. Ihr Kopf schien voller Watte zu sein und sie konnte keinen klaren Gedanken fassen. Am liebsten hätte sie sich in ihr Bett verkrochen und sich die Decke über den Kopf gezogen. Wie sollte sie so weiterermitteln?
»Ich glaube, wir können jetzt alle eine Extraportion Energie gebrauchen.« Marie streckte den Arm aus. Die anderen folgten ihrem Beispiel und alle drei legten die Hände übereinander.
»Die drei !!!«, sagten Kim, Franzi und Marie im Chor.
Kim sagte: »Eins!«, Marie »Zwei!« und Franzi »Drei!«.
Zum Schluss hoben sie gleichzeitig die Hände und riefen: »Power!!!«
Augenblicklich lichtete sich das watteähnliche Gefühl in Kims Kopf und neue Kraft strömte durch ihren Körper. Es war erstaunlich, wie gut das altbewährte Ritual immer wieder funktionierte.
Kim atmete einmal tief durch. Es brachte nichts, den Kopf in den Sand zu stecken. Sie mussten diesen Fall lösen – und zwar so schnell wie möglich. »Auf geht's!« Kim klatschte in die Hände. »Ich bin gespannt, was Frau Rose zu der Tasche sagt.«

Die Detektivinnen betraten den Vorgarten und klingelten an der Haustür. Frieda machte auf.
»Hallo, Frieda«, begrüßte Kim das kleine Mädchen. »Ist deine Mama da?«
Frieda nickte stumm und starrte die Detektivinnen mit großen Augen an, ohne etwas zu unternehmen.
»Äh – könntest du sie vielleicht holen?«, fragte Franzi nach einer Weile.
Frieda nickte wieder. Dann öffnete sie den Mund und brüllte: »Maaamaaa! Komm mal heeeer!«
»Autsch!« Kim verzog das Gesicht. »Das war laut.«
Frau Rose kam aus der Küche. Sie trug eine Schürze, an der sie sich die feuchten Hände abwischte. »Ach, ihr seid's! Ich hab leider gerade nicht so viel Zeit. Die Kinder und ich schnitzen einen Halloween-Kürbis.«
»Wir sind gleich wieder weg«, versprach Kim. »Wir wollen Ihnen nur kurz etwas zeigen.«
»Ist das Ihre Tasche?« Marie hielt die Handtasche hoch.
Frau Rose stieß einen überraschten Schrei aus. »Das ist ja … das kann doch nicht …« Sie griff nach der Tasche und untersuchte sie gründlich, befühlte das Leder und strich über das Innenfutter. »Ja, das ist sie!« Verblüfft starrte sie die Detektivinnen an. »Woher habt ihr die Tasche?«
»Sie wurde uns heute zum Kauf angeboten«, berichtete Marie. »Sind Sie sicher, dass es Ihre ist?«
Frau Rose nickte. »Ganz sicher! Ich erkenne sie an diesem Kratzer wieder.« Sie zeigte auf einen hauchdünnen, etwas helleren Streifen an der Rückseite, der Kim normalerweise gar nicht aufgefallen wäre. »Ich weiß noch, dass ich mich

furchtbar geärgert habe, als ich mit der Tasche am Fahrradlenker hängen geblieben bin und hinterher den Kratzer entdeckt habe. Da hatte ich sie gerade erst gekauft.« Sie strahlte die Mädchen an. »Danke, dass ihr mir die Tasche zurückgebracht habt! Ich hatte die Hoffnung schon aufgegeben.«
»Handy und Portemonnaie waren leider nicht mehr drin«, sagte Marie bedauernd.
»Hauptsache, die Tasche ist wieder da.« Frau Rose strich beinahe zärtlich über das teure Leder.
Frieda zupfte ihre Mutter an der Schürze. »Was ist denn jetzt mit dem Kürbis, Mama?«
»Gleich, mein Schatz.« Frau Rose lächelte den Detektivinnen entschuldigend zu. »Ich würde euch wirklich gerne hereinbitten, aber ich fürchte, das müssen wir verschieben.«
Kim warf einen Blick auf die Uhr. »Kein Problem, bei uns gibt's sowieso gleich Abendessen.«
»Viel Spaß noch beim Kürbisschnitzen!«, wünschte Franzi.
Frau Rose schloss die Tür und die drei !!! kehrten zu Kims Haus zurück. Marie und Franzi schlossen ihre Fahrräder auf, die am Gartenzaun lehnten. Von der Nachbarschaftswache war zum Glück nichts mehr zu sehen.
»Das war ein Volltreffer!«, stellte Marie zufrieden fest. »Sarahs Freund muss tatsächlich Kontakte zu den Autoknackern haben, sonst wäre er ja nicht an die Tasche gekommen.«
»Sollen wir ihn uns morgen mal vorknöpfen?«, fragte Franzi.
»Das bringt doch nichts, er würde garantiert alles abstreiten.« Kim überlegte kurz. »Aber wir könnten ihn beschatten. Wenn wir Glück haben, führt er uns irgendwann zu seinen Komplizen.«

»Prima!« Franzi stieg auf ihr Fahrrad. »Am besten, wir treffen uns morgen Nachmittag bei uns zur Lagebesprechung und beschatten danach unseren neuen Hauptverdächtigen.«
»Okay«, sagte Kim. »Bis morgen!«
Franzi und Marie verabschiedeten sich und radelten los. Kim wollte ins Haus gehen, doch als ihr Blick auf die Mülltonnen fiel, stutzte sie. Der Deckel der Biotonne war aufgeklappt und neben der Tonne lagen ein paar welke Salatblätter. Hatte der Mülltonnen-Täter wieder zugeschlagen?
»Na warte!«, murmelte Kim, schloss die Haustür auf und betrat den Flur. Schnell schlüpfte sie aus ihren Schuhen, zog die Jacke aus und hängte sie an die Garderobe.
»Kim, bist du das?«, rief ihre Mutter von oben aus dem Arbeitszimmer. »Könntest du bitte schon mal den Tisch fürs Abendbrot decken? Ich hab noch zu tun.«
»Ja, gleich«, rief Kim zurück. Von den Zwillingen und Pablo war nichts zu hören oder zu sehen. Offenbar hatten ihre Brüder ausnahmsweise den abendlichen Hunde-Spaziergang übernommen, was fast an ein Wunder grenzte. Das war Kim nur recht. Sie konnte jetzt keine neugierigen Fragen gebrauchen. Eilig marschierte sie ins Wohnzimmer und zog die Videokamera ihres Vaters hinter der Gardine hervor. Die Kamera hatte sie gestern so auf der Fensterbank positioniert, dass sie die Mülltonnen filmte.
Kim ließ sich in einen Sessel fallen und drückte auf Play. Eine Weile war nichts Besonderes zu sehen. Nur die Hausfassade mit den drei Tonnen. Kim spulte vor. »Da!« Atemlos starrte sie auf das Display. Ein Schatten huschte ins Bild. War der Täter tatsächlich in die Falle getappt?

Ganz schön frech!

»Ein *Waschbär?*« Marie zog die Augenbrauen so hoch, dass sie hinter ihren blonden Ponyfransen verschwanden. »Ist das dein Ernst?«
Kim nickte. »Ich hab's auch erst nicht geglaubt.« Sie zog die Kamera hervor und stellte sie auf den runden Tisch, an dem die Detektivinnen ihre Besprechungen abhielten. Nur wenn sie etwas ganz Geheimes zu bereden hatten, verzogen sie sich in die alte Kutsche, die an der Rückwand des Pferdeschuppens stand. Wenn man das Verdeck hochklappte, war man absolut ungestört. Der kleine Bollerofen in der Ecke verbreitete behagliche Wärme und auf dem Tisch flackerte eine Kerze. Kim liebte die Treffen im Hauptquartier des Detektivclubs. Nirgendwo war es so gemütlich wie hier!
Franzi und Marie sahen sich stumm das Video an. Ein Schatten strich an den Mülltonnen entlang. Erst als er auf die Restmülltonne sprang, erkannte man, dass es sich um einen Waschbären handelte.
»Wie süß!«, rief Franzi.
Der kleine Kerl sah wirklich putzig aus. Er hatte langhaariges grauschwarzes Fell, einen gestreiften Schwanz, kleine Spitzohren und eine schwarze Schnauze. Um seine Augen war das Fell so dunkel, dass es wie eine Bankräubermaske wirkte.
Marie rümpfte die Nase. »Waschbären verbreiten doch bestimmt Flöhe und anderes Ungeziefer, oder?«
»Ich hab gestern Abend ein bisschen im Internet recher-

chiert«, erzählte Kim. »Der einzige Parasit des Waschbären, der Menschen gefährlich werden kann, ist der Waschbärspulwurm. Er lebt im Dünndarm der Tiere. Es kommt aber nur sehr selten vor, dass Menschen nach einer Übertragung ernsthaft erkranken.«

Marie verzog das Gesicht. »Igitt!« Sie rückte ein Stück von der Kamera ab, als könnte sie sich so vor dem Spulwurm schützen. Der Waschbär im Film öffnete gerade geschickt den Deckel der Biotonne und machte sich auf die Suche nach Futter.

»Es gibt seit ein paar Jahren immer mehr Waschbären in den Städten«, berichtete Kim. »Sie leben auf Dachböden, in Gartenhäusern, Garagen oder Baumhöhlen und ernähren sich von Früchten, Insekten und Speiseresten aus dem Müll der Menschen.«

Die drei !!! sahen dem Waschbären beim Fressen zu. Als er satt war, warf er einen triumphierenden Blick direkt in die Kamera, bevor er mit einem geschmeidigen Sprung in der Dunkelheit verschwand.

»Das wars.« Kim stellte die Kamera aus.

Franzi kicherte. »Ganz schön frech, der Kleine!«

»Ein Waschbär!« Marie konnte es immer noch nicht glauben. »Darauf wäre ich nie im Leben gekommen.«

»Er muss schon eine ganze Weile in unserer Straße sein Unwesen treiben«, sagte Kim.

»Komisch, dass ihn noch nie jemand gesehen hat«, meinte Franzi.

»Nicht unbedingt.« Kim packte die Kamera in den Rucksack. »Waschbären sind nachtaktive Tiere. Tagsüber verkriechen sie sich in ihrem Versteck und kommen erst in der Dämmerung wieder heraus.«

»Damit wäre dieser Fall schon mal abgeschlossen«, stellte Marie fest. »Sollen wir Kommissar Peters anrufen, damit er den Täter festnimmt?«

Kim grinste. »Au ja! Peters auf Waschbärenjagd, das wäre echt mal was anderes.«

Die Detektivinnen prusteten los.

Franzi beruhigte sich als Erste wieder. »Ob der kleine Racker auch im Rosenbeet eurer Nachbarin gebuddelt hat?«

»Glaub ich nicht.« Kim überlegte kurz. »Im Internet stand nichts davon, dass Waschbären Löcher graben.« Sie sah auf die Uhr. »Leute, wir müssen los!«

Marie erhob sich. »Stimmt, wir haben schließlich noch einen Fall zu lösen.« Sie schlüpfte in ihren Mantel. »Heute schnappen wir die Autoknacker-Bande, das hab ich im Gefühl.«

»Schön wär's ja.« Kim griff nach ihrem Rucksack. »Dann könnten Aveen und die anderen endlich in Ruhe in unserer Straße leben, ohne schräg angesehen zu werden.«

Franzi pustete die Kerze aus und die drei !!! verließen das Hauptquartier.

Zwanzig Minuten später betraten die Detektivinnen das Jugendzentrum. Sie waren zügig geradelt und Kim war richtig warm geworden. Sie öffnete ihre Jacke und wischte sich ein paar Schweißtropfen von der Stirn. Franzi dagegen sah aus wie der junge Morgen. Kim beneidete ihre Freundin mal wieder um ihre Fitness. Aber sie konnte sich noch so oft vornehmen, mehr Sport zu machen, die guten Vorsätze verpuff-

ten nach ein paar Wochen regelmäßig. Offenbar hatte sie noch nicht die richtige Sportart gefunden. Oder es lag einfach daran, dass sie ein totaler Bewegungsmuffel war.
»Hoffentlich sind Sarah und Leo heute hier«, sagte Marie. »Sonst können wir die Aktion vergessen.«
Die drei !!! hatten beschlossen, zunächst im Jugendzentrum nach den beiden Ausschau zu halten. Sobald sie Leo identifiziert hatten, konnte die Beschattung beginnen. Es war später Nachmittag, die Zeit, zu der das Jugendzentrum für gewöhnlich am besten besucht war. Aus dem Clubraum drangen Stimmen und lautes Lachen. Die Detektivinnen gingen hinein und sahen sich um.
Franzi stieß Kim in die Seite. »Dahinten ist Sarah!« Sie nickte zum Kicker hinüber, an dem sich mehrere Mädchen und Jungs drängten.
»Glück gehabt«, murmelte Kim.
Die drei !!! nahmen auf einem der durchgesessenen Sofas Platz, die im Raum verteilt waren, und taten so, als würden sie sich angeregt unterhalten. Dabei beobachteten sie verstohlen Sarah und ihre Freunde.
»Ob einer von denen Leo ist?«, überlegte Franzi.
»Wartet, das haben wir gleich.« Marie stand auf und ging zur Theke, wo Ole und eine andere Betreuerin Getränke ausschenkten.
»Hallo, Marie«, sagte Ole. »Was darf's denn sein?«
»Dreimal Früchtetee, bitte.«
»Kommt sofort.« Ole nahm drei Becher aus dem Regal, hängte Teebeutel hinein und goss kochendes Wasser darüber.
»Ganz schön viel los heute, was?«

Ole nickte. »Wie immer mittwochs.«
»Weißt du zufällig, wer die Leute am Kicker sind?«, erkundigte sich Marie. »Wir überlegen gerade, ob wir sie zu einem kleinen Match herausfordern.«
»Das sind Sarah, Leo, Colin und Miriam«, zählte Ole auf. »Die sind fast jeden Nachmittag hier.« Er stellte die Teebecher auf ein Tablett und schob es zu Marie rüber. »Aber an eurer Stelle wäre ich vorsichtig.«
Marie horchte auf. »Warum?«
»Die vier sind super am Kicker. Ich fürchte, gegen die habt ihr keine Chance.«
»Ach so.« Marie lächelte. »Danke für die Warnung!« Sie bezahlte und balancierte das Tablett zum Sofa.
»Und?«, fragte Franzi.
»Er ist dabei.« Marie verteilte die Teebecher. »Jetzt müssen wir nur noch warten.«
Kurze Zeit später schoss Sarah ein Tor. Jubelnd fiel sie einem Jungen mit kurzen schwarzen Haaren um den Hals. Er war einen Kopf größer als sie und trug weite Jeans und Turnschuhe. Lachend drückte er ihr einen Kuss auf die Lippen.
»Das muss er sein«, sagte Kim leise. Sie nahm den Teebeutel aus ihrem Becher und trank einen Schluck. Der Tee war so heiß, dass sie sich fast die Zunge verbrannte.
Sarah entdeckte die Detektivinnen und winkte ihnen zu, dann ging das Spiel weiter. Doch nach wenigen Minuten wurde es schon wieder unterbrochen, weil Leos Handy klingelte. Er nahm das Gespräch an und verzog sich in eine Ecke. Leider konnten die drei !!! nicht verstehen, worum es ging. Leo nickte mehrmals und gab eine knappe Antwort, bevor er

das Smartphone wieder in seiner Hosentasche verschwinden ließ.
»Was ist denn jetzt los?«, wunderte sich Franzi.
Sarahs Freund griff nach seiner Jacke, die über einem Sessel hing, und zog sie an.
»Er muss weg«, sagte Kim.
Leo verabschiedete sich mit einem langen Kuss von Sarah und sie schlang die Arme um seinen Hals. Als sie sich wieder voneinander lösten, winkte er seinen Freunden am Kicker zu und verließ den Clubraum.
»Es geht los!«, raunte Marie.
Kim trank schnell noch einen Schluck Tee und stand auf.
»Das war ja ein kurzer Besuch«, sagte Ole, als die Detektivinnen an der Theke vorbei zum Ausgang gingen. »Doch kein Kicker-Battle?«
»Ein andermal vielleicht.« Marie brachte das Tablett mit den halb vollen Bechern zurück. »Uns ist leider etwas dazwischengekommen.«
Die drei !!! durchquerten den Eingangsbereich und traten auf die Straße.
»Dort drüben ist er!« Franzi deutete nach rechts, wo gerade eine Gestalt auf einem Mountainbike um die Kurve sauste. Leo hatte sich die Kapuze seiner dunklen Jacke über den Kopf gezogen und trat kräftig in die Pedale.
»Hinterher!« Kim schnappte sich ihr Fahrrad und fuhr los.

Auf frischer Tat ertappt

Die drei !!! folgten dem Verdächtigen in Richtung Innenstadt. Er legte ein ordentliches Tempo vor, bog in eine Hauptverkehrsstraße ein und schlängelte sich zwischen den Autos hindurch. Die Detektivinnen blieben auf dem Radweg und versuchten, ihn nicht aus den Augen zu verlieren.
»Mist!«, schimpfte Marie, als eine Ampel direkt vor ihr auf Rot sprang. Sie bremste und kam in letzter Sekunde zum Stehen. Leo war gerade noch bei Gelb über die Kreuzung geflitzt. Er verschwand in einer kleinen Seitenstraße, die in die Fußgängerzone führte.
»Verdammt!« Franzi schlug ärgerlich auf den Lenker. »Den holen wir nicht mehr ein.«
»Abwarten«, meinte Kim.
Sobald die Ampel grün wurde, rasten die Mädchen los. In der Seitenstraße mussten sie das Tempo drosseln, weil mehrere Autos auf der Suche nach einem Parkplatz im Schritttempo auf und ab fuhren. An der nächsten Kreuzung hielten sie an.
»Rechts oder links?«, fragte Franzi.
»Er könnte überall hingefahren sein!« Marie seufzte frustriert.
Kim dachte nach. »Ich bin für links. Wenn er sich mit jemandem treffen will, fährt er vielleicht zum *Silbernen Karpfen.*«
Der Brunnen auf dem Marktplatz, in den ein silberner Karpfen in hohem Bogen Wasser spuckte, war ein beliebter Treffpunkt in der Stadtmitte.
Die Detektivinnen radelten bis zum Beginn der Fußgänger-

zone und schoben das letzte Stück. Es war schon nach sechs und die meisten Geschäfte schlossen gerade. Nur einige größere Ketten und das Kaufhaus am Markt hatten länger geöffnet. Ein paar Passanten mit Einkaufstüten hasteten auf dem Nachhauseweg an den drei !!! vorbei. Die Straßen leerten sich zusehends.

Als der *Silberne Karpfen* in Sicht kam, hielt Kim die Luft an. Sie hatten alles auf eine Karte gesetzt. Wenn sie mit ihrer Vermutung falschlag, mussten sie die Beschattung für heute abbrechen.

»Ich fass es nicht«, hauchte Franzi. »Da ist er!«

»Yes!« Kim reckte die Faust in die Luft.

»Super kombiniert«, sagte Marie anerkennend.

Leo begrüßte gerade zwei andere Jungs mit einem komplizierten Handschlag-Ritual. Die Detektivinnen blieben vor dem Schaufenster eines Modegeschäfts stehen und taten so, als würden sie über die Sonderangebote diskutieren. Marie zog einen kleinen Schminkspiegel aus ihrer Tasche und warf einen prüfenden Blick hinein. Während es für einen Außenstehenden so aussah, als würde sie ihr Make-up kontrollieren, beobachtete sie in aller Ruhe die hinter ihr stehenden Verdächtigen.

»Sie unterhalten sich.« Marie zupfte eine blonde Haarsträhne unter ihrer Mütze hervor. »Jetzt gehen sie weiter.«

»Zu Fuß?«, fragte Kim.

Marie nickte. »Leo hat sein Fahrrad am *Silbernen Karpfen* stehen gelassen.«

Die drei !!! schoben ihre Räder hinter den Verdächtigen her. Die Jungs wirkten aufgekratzt und gut gelaunt. Leo lachte laut, als sein Kumpel ihm etwas erzählte, was Kim nicht verstehen konnte. Die Detektivinnen hielten möglichst viel Abstand, damit die Jungs nicht auf sie aufmerksam wurden. Sie verließen die Fußgängerzone, überquerten eine Kreuzung und gingen durch eine Straße mit etwas schäbig wirkenden Wohnblocks.

»Das ist ja mein Nachhauseweg!« Kim kaute aufgeregt an ihrer Unterlippe. Wollten die Jungs etwa in ihre Straße? Was hatten sie dort vor? Aber kurz vorher bogen sie in eine Parallelstraße ein.

»Das kann doch kein Zufall sein …«, murmelte Franzi.

Leo und seine Freunde hatten aufgehört herumzualbern. Schweigend schlenderten sie über den Bürgersteig. Ähnlich wie in Kims Straße standen auch hier auf der einen Seite schmucke Reihenhäuser und auf der anderen kleine Einfamilienhäuser mit weiß verputzten Fassaden und gepflegten Vorgärten. Rechts und links parkten Autos. Es waren kaum Passanten unterwegs. Wahrscheinlich saßen die meisten Leute gerade beim Abendessen. Nur eine getigerte Katze marschierte mit erhobenem Schwanz gemächlich über die Straße. Leos Kumpel stieß einen zischenden Laut aus, die Katze machte einen Satz und verschwand vorwurfsvoll maunzend in einem Vorgarten.

»Idiot!«, entfuhr es Franzi etwas zu laut.

»Deckung!«, flüsterte Marie, als Leo einen Blick über die Schulter warf.

Die Detektivinnen suchten mit ihren Fahrrädern hinter einem weißen Lieferwagen Schutz und warteten ein paar Sekunden. Alles blieb ruhig.

Kim lugte um die Ecke. »Entwarnung! Sie gehen weiter.«
»Musste das sein?« Marie warf Franzi einen vorwurfsvollen Blick zu. »Du hättest uns fast auffliegen lassen!«
»Sorry«, sagte Franzi kleinlaut. »Aber ich hasse es einfach, wenn jemand nur so zum Spaß Tiere ärgert.«
Die drei Jungs waren am Ende der Straße neben einem geparkten Wagen stehen geblieben. Die letzte Straßenlaterne war kaputt, sodass die Umrisse der drei Gestalten mit der Dunkelheit verschmolzen.
»Wir müssen näher ran«, flüsterte Franzi.
Kim nickte. Leise stellten die Detektivinnen ihre Fahrräder ab und schlichen geduckt zwischen den Autos am Straßenrand entlang. Ein Stein knirschte unter der Sohle von Kims Turnschuh und sie unterdrückte einen Fluch. Hinter einem blauen Kombi gingen die Mädchen in Deckung. Kim zog die Kamera ihres Vaters aus dem Rucksack und warf einen Blick am Kotflügel des Wagens vorbei. Leos Kumpel begutachtete gerade einen roten Kleinwagen. Er trug eine gestreifte Boshi-Mütze und Handschuhe. Kim zückte die Kamera und begann zu filmen. Die Jungs waren jetzt so nah, dass Kim Leos Flüstern hören konnte.
»Und?«
»Kein Navi, aber ein Rucksack auf dem Rücksitz.«
Der dritte Junge, der neben Leo an der kaputten Straßenlaterne lehnte, lachte leise. »Die Leute sind so blöd! Weiß doch jeder, dass man nichts im Auto liegen lassen darf.«
»Ihr Pech.« Der Typ mit der Boshi-Mütze zog etwas aus seiner Jackentasche. »Und unser Glück.« Er stocherte mit einem länglichen Gegenstand im Schloss der Autotür herum.

Kim kniff die Augen zusammen, konnte aber nicht erkennen, was der Junge in der Hand hielt. Einen Dietrich? Oder einen dünnen Schraubenzieher? Ihr klopfte das Herz bis zum Hals. Leo war tatsächlich einer der Autoknacker! Er und seine Kumpels versuchten gerade, einen Wagen aufzubrechen. Sie zoomte mit der Kamera auf den Kerl mit der Boshi-Mütze. Leider war es zu dunkel für richtig gute Aufnahmen. Aber die Stimmen der Täter würden hoffentlich trotzdem zu hören sein.

»Beeil dich, Jakko!« Leo sah sich nervös um. »Was, wenn jemand kommt?«

Kim machte einen Schwenk und filmte auch die anderen beiden Jungen.

»Dreh nicht gleich durch«, sagte der dritte Kerl. Er stieß sich vom Laternenpfahl ab. »Hat doch bisher auch immer prima geklappt. Die Spießer sitzen alle vorm Fernseher und trinken ihr Feierabendbier. Jetzt kommt keiner.«

»Mist!«, schimpfte Jakko. »Ich krieg das Schloss nicht auf.«

»Das dauert viel zu lange!« Leo trat ungeduldig von einem Fuß auf den anderen.

»Geh mal zur Seite.« Der dritte Typ hatte etwas vom Boden aufgehoben. Erst als er den Arm streckte, sah Kim, was es war. Ein Stein! Sie wollte aufspringen, doch es war zu spät. Der Junge holte aus und schleuderte den Stein gegen das Autofenster. Es klirrte und das Glas zersprang in tausend Scherben, die wie spitze Schneeflocken auf den Bürgersteig rieselten.

»Bist du verrückt?«, schimpfte Leo. »Das ist viel zu laut. Willst du, dass gleich alle Nachbarn anrücken?«

»Bis dahin sind wir längst weg.« Sein Kumpel wollte durch das kaputte Fenster in den Wagen greifen, aber die drei !!! waren schneller. Franzi und Marie sprangen auf und waren mit zwei Sätzen bei den Autoknackern. Kim folgte ihnen etwas langsamer und filmte dabei weiter.
»Verdammt!«, fluchte Jakko. »Weg hier!« Er rannte los.
»Stehen bleiben!«, rief Franzi. Sie hielt den anderen Typ am Arm fest, aber er riss sich los und verpasste ihr einen kräftigen Stoß mit dem Ellbogen. Sie taumelte gegen Marie und beide gingen zu Boden. Der Täter ergriff die Chance und haute ab.
Leo war in eine Art Schockstarre gefallen. Er realisierte erst mit einigen Sekunden Verzögerung, was los war. Als sein Blick auf Kim fiel, wurde er blass. Er stürzte auf sie zu und entriss ihr die Kamera.
»He!«, rief Kim. »Was soll das?«
Leo spurtete los und Kim nahm die Verfolgung auf. Nach wenigen Metern stolperte der Junge und fiel hin. Die Kamera flog in hohem Bogen über eine Hecke in einen Vorgarten. Kim warf sich auf Leo und versuchte ihn festzuhalten, aber er wehrte sich mit Händen und Füßen. Sie bekam einen Tritt gegen das Schienbein und schnappte nach Luft. Zum Glück waren Franzi und Marie rechtzeitig zur Stelle. Zu dritt schafften sie es, den Täter auf den Boden zu drücken.
»Du bleibst schön hier!«, sagte Marie mit grimmiger Miene.
»Lasst … mich … los«, keuchte Leo.
Franzi lockerte ihren Griff etwas, sodass Leo sich aufsetzen konnte. »Wehe, du versuchst noch mal wegzulaufen!«
Kim stand auf und humpelte in den Vorgarten, um sich die

Kamera zurückzuholen. Hoffentlich war sie nicht kaputtgegangen! Dann wäre nicht nur das Beweisvideo futsch, sondern Kim würde auch ziemlichen Stress mit ihrem Vater bekommen. Glücklicherweise war das Gerät von den Zweigen einer Fichte aufgefangen worden. Kim hob es auf und wischte ein paar Tannennadeln vom Objektiv. »Abhauen ist sowieso zwecklos«, stellte sie fest, als sie wieder auf den Bürgersteig trat. »Ich hab alles auf Video. Deine Kumpels werden nicht weit kommen, Leo. Sobald wir die Aufnahmen der Polizei übergeben, sind sie geliefert.«
Leo schluckte schwer. Sein Adamsapfel ruckte auf und ab. Einen Moment fürchtete Kim, er würde doch noch einen Fluchtversuch starten, aber er blieb wie betäubt auf dem Bürgersteig sitzen. »Woher wisst ihr, wer ich bin?«, fragte er mit gepresster Stimme.
»Wir sind Detektivinnen«, erklärte Kim.
»Und wir sind dir und deinen Kumpels schon länger auf der Spur«, ergänzte Franzi. »Das ist nicht das erste Auto, das ihr aufgebrochen habt, stimmt's?«
Leo starrte Franzi wütend an und schwieg.
»Du solltest lieber mit uns reden«, sagte Marie. »Außerdem wird dir die Polizei nachher genau dieselben Fragen stellen.«
»Ich sag gar nichts mehr!«, zischte Leo.
»Auch gut.« Kim spulte den Film zurück. »Ist sowieso schon alles im Kasten.« Sie drückte auf Play. Leos Stimme ertönte etwas blechern, aber gut verständlich aus dem Lautsprecher der Kamera.
»Und?«
»Kein Navi, aber ein Rucksack auf dem Rücksitz.«

»Die Leute sind so blöd! Weiß doch jeder, dass man nichts im Auto liegen lassen darf.«

»Ihr Pech. Und unser Glück.«

»Beeil dich, Jakko! Was, wenn jemand kommt?«

»Dreh nicht gleich durch. Hat doch bisher auch immer prima geklappt. Die Spießer sitzen alle vorm Fernseher und trinken ihr Feierabendbier. Jetzt kommt keiner.«

»Mist! Ich krieg das Schloss nicht auf.«

»Das dauert viel zu lange!«

»Geh mal zur Seite.«

Beim Klirren der Glasscheibe stoppte Kim die Aufnahme.

»Das ist das perfekte Geständnis«, stellte Franzi fest.

Leo war beim Zuhören immer bleicher geworden. »Verdammt! Ich hab von Anfang an gewusst, dass es irgendwann schiefgehen würde.«

»Wie lange knackt ihr schon Autos?«, fragte Marie.

Leo zögerte kurz. Als ihm klar wurde, dass er nichts mehr zu verlieren hatte, begann er endlich zu reden. »Jakko und Marco sind schon länger dabei. Vor ungefähr zwei Monaten haben sie mich zum ersten Mal mitgenommen. Es war total aufregend. Der absolute Kick. Und so einfach! Karre auf, Sachen raus und weg.«

»Wie viele Autos habt ihr aufgebrochen?« Kim verstaute die Kamera wieder im Rucksack.

Leo zuckte mit den Schultern. »Keine Ahnung. Hab nicht mitgezählt.«

»Worauf hattet ihr es abgesehen?«

»Alles, was man zu Geld machen kann. Handys, Taschen, Fotoapparate, Laptops, Navis …«

»Das Zeug hast du dann im Internet oder über deine Freundin verkauft, stimmt's?«, fragte Franzi. »Weiß Sarah, dass die Sachen gestohlen sind?«
»Lasst Sarah da raus!«, rief Leo. »Sie hat keine Ahnung, woher der Kram kommt. Wenn sie gewusst hätte, dass alles geklaut ist, hätte sie mir nie im Leben geholfen.«
»Ziemlich mies von dir, deine Freundin mit reinzuziehen«, sagte Kim.
Leo ließ den Kopf hängen. »Bin nicht stolz drauf. Aber wir haben echt gut verdient mit der Nummer.«
»Das ist jetzt vorbei.« Kim zückte ihr Handy. »Ich rufe Kommissar Peters an.« Sie wählte die Nummer des Kommissars, während Franzi und Marie Leo beim Aufstehen halfen. Peters meldete sich gleich nach dem ersten Klingeln.
»Kim! Was gibt's?«
»Ich wollte Ihnen nur sagen, dass Sie nicht länger nach der Autoknacker-Bande zu suchen brauchen«, sagte Kim so lässig wie möglich.
»Aha. Und warum nicht?«
»Weil wir sie gerade gestellt haben. Es sind drei Jungs. Zwei sind uns leider entwischt, aber der dritte steht direkt neben mir. Könnten Sie ihn bitte abholen?«
»WAS?« Die Stimme des Kommissars war so laut, dass Kim das Handy ein Stück vom Ohr weghielt. Marie und Franzi kicherten.
»Soll ich es noch mal wiederholen?«, bot Kim freundlich an.
»Nein, nein, ich hab dich schon verstanden. Ich komme.«
Kim grinste. Doch plötzlich stieg ihr ein merkwürdiger Geruch in die Nase. »Was ist das?«

Auch Franzi schnupperte. »Riecht nach Feuer.«
»Seht mal, da!« Marie zeigte auf eine Rauchsäule, die hinter den Reihenhäusern emporstieg.
»Kim? Was ist los?«, fragte der Kommissar am anderen Ende der Leitung.
Kim keuchte. »In unserer Straße brennt es!«

Flammen in der Nacht

Kims Füße flogen über den Bürgersteig. Sie hatte das Gefühl, noch nie in ihrem Leben so schnell gelaufen zu sein. Ihr schmerzendes Bein war vergessen. Die Schritte von Franzi, Marie und Leo hinter sich nahm sie kaum wahr, genauso wenig wie die Sirene des Feuerwehrwagens, der an ihnen vorbeiraste. Die Panik hatte sie fest im Griff. Was, wenn es ihr Haus war, das brannte? Wenn ihren Eltern, den Zwillingen oder Pablo etwas passiert war? Als sie in ihre Straße einbog, wurde der Rauchgeruch stärker. Kim sah den Feuerschein, der sich unheimlich in den Fensterscheiben der Häuser spiegelte. Sie blieb stehen.

»Das *Haus Heimathafen* brennt!«, rief Marie, die Leos Handgelenk mit eisernem Griff festhielt, damit er die Aufregung nicht für einen zweiten Fluchtversuch nutzte.

Im selben Moment entdeckte Kim ihre Eltern und die Zwillinge, die zwischen den anderen Nachbarn auf dem Bürgersteig standen. Fast die ganze Straße hatte sich vor dem brennenden Haus versammelt.

»Ben! Lukas!« Kim stürmte auf ihre Brüder zu und umarmte sie ganz fest. Pablo sprang winselnd an ihr hoch, um auch ein paar Streicheleinheiten zu bekommen.

»He, was soll das?« Ben wand sich peinlich berührt aus Kims Umarmung.

Kim lächelte, während sie sich eine klitzekleine Träne aus dem Augenwinkel wischte. »Ich bin echt froh, dass es euch gut geht.«

»Hä? Warum sollte es uns denn nicht gut gehen?«, wollte Lukas wissen.
»Alles in Ordnung, Kim?«, fragte Frau Jülich. »Du bist ja ganz blass!«
Kim nickte schnell. »Hab nur einen Schreck bekommen, als ich das Feuer gesehen habe.« Eilig ließ sie den Blick über die Umstehenden wandern und atmete auf, als sie Aveen, Khaleed, Sabine, Falk und die anderen aus der Wohngruppe entdeckte. »Was ist denn überhaupt passiert?«
»Das wissen wir auch nicht genau«, antwortete ihr Vater.
»Es hat ganz doll geraucht, als wir vom Fußballtraining gekommen sind«, erzählte Lukas aufgeregt.
»Ich hab sofort bei der Feuerwehr angerufen, aber die wussten schon Bescheid.« Kims Vater machte ein besorgtes Gesicht. »Hoffentlich greifen die Flammen nicht auf unser Haus über.«
Die Feuerwehrleute hatten bereits ihre Schläuche ausgerollt und zu löschen begonnen. Ein Wasserstrahl war auf das Dach von Jülichs Haus gerichtet, mit den anderen versuchten sie, das Feuer in den Griff zu bekommen. Es qualmte fürchterlich und Kim musste husten.
»Treten Sie bitte zurück!« Ein Feuerwehrmann drängte die Menge nach hinten und sperrte den Bürgersteig mit rot-weißem Flatterband ab. Kim erkannte viele Nachbarn. Auch ein paar Männer von der Nachbarschaftswache waren dabei. Die meisten machten ängstliche oder betroffene Gesichter. Viele schüttelten die Köpfe. Frieda und Kalle weinten und ihre Eltern redeten beruhigend auf sie ein.
Allmählich zog sich die Panik zurück und Kim konnte wie-

der klar denken. »Lasst uns zu Aveen gehen«, sagte sie. »Für sie und die anderen muss der Brand ja ein totaler Schock sein.«
Franzi und Marie flankierten Leo, damit er nicht auf dumme Gedanken kam, aber er schien sich in sein Schicksal ergeben zu haben und folgte ihnen widerstandslos.
Aveen war sehr blass und starrte mit weit aufgerissenen Augen auf den Rauch, der aus dem Dachfenster stieg. Hinter ihr standen Ahmed und David. Khaleed schmiegte sich an Sabine und drückte sein Gesicht in ihren Pullover, damit er die Flammen nicht sehen musste. Kim konnte nur erahnen, welche schrecklichen Erinnerungen der Anblick des Feuers und der Brandgeruch bei den Kindern auslösten.
Franzi drückte Aveens Arm. »Wie geht es dir?«
»Es … geht mir … gut«, antwortete Aveen stockend. Sie schien den Blick nicht vom Brand lösen zu können.
»Ein Glück, dass ihr das Haus rechtzeitig verlassen konntet«, sagte Marie. »Wo ist das Feuer denn ausgebrochen?«
»Auf dem Dachboden«, antwortete Sabine. Sie streichelte Khaleed über den Kopf. »Keine Ahnung, wie das passieren konnte. Da oben stehen nur ein paar Kisten und alte Möbel, sonst nichts. Plötzlich hat der Rauchmelder im ersten Stock Alarm geschlagen. Wir haben uns sofort die Kinder geschnappt, sind nach draußen gerannt und haben die Feuerwehr alarmiert.«
Kim runzelte die Stirn. Ein Gedanke schoss ihr durch den Kopf, so schnell, dass sie ihn nicht richtig zu fassen bekam. Gleichzeitig bemerkte sie eine hochgewachsene Gestalt, die sich energisch durch die Menge drängelte.

»Hab ich euch endlich gefunden!«

»Kommissar Peters!« Kim seufzte erleichtert. »Gut, dass Sie da sind.«

»Ist das der Kerl, von dem du mir am Telefon erzählt hast?« Der Kommissar nickte zu Leo hinüber.

Kim nickte. »Das ist einer der Autoknacker. Wir haben ihn und seine Kumpels auf frischer Tat ertappt.«

»Wir unterhalten uns am besten in aller Ruhe auf dem Präsidium.« Peters ließ die Hand schwer auf Leos Schulter sinken. »Und deine Freunde werden wir früher oder später auch schnappen.«

»Vielleicht hilft Ihnen das hier dabei.« Kim zog die Kamera aus dem Rucksack. »Ich hab die Tat gefilmt. Das Video ist wegen der schlechten Lichtverhältnisse leider ziemlich unscharf, aber die Stimmen sind gut zu hören.«

Der Kommissar schüttelte verblüfft den Kopf. »Ihr überrascht mich immer wieder. Gute Arbeit!«

»Ein Lob aus Ihrem Mund, das will schon was heißen!« Marie grinste. »Wo bleibt denn die übliche Standpauke?«

Peters grinste zurück. »Die hebe ich mir fürs nächste Mal auf.« Dann wurde er wieder ernst. »Aber der Brand hier macht mir Sorgen. Ich hab unterwegs im Polizeifunk davon gehört. Das ist doch das Haus mit den Flüchtlingen, oder?«

»Ja. Aveen und die anderen sind Freunde von uns«, sagte Kim. »Sie wohnen noch nicht lange hier. Leider gibt es ein paar Nachbarn, die ihnen das Leben ziemlich schwer machen.«

»Einige würden sie am liebsten so schnell wie möglich wieder loswerden«, fügte Franzi wütend hinzu.

»Das klingt ja gar nicht gut.« Der Kommissar sah plötzlich sehr nachdenklich aus.
In Kims Kopf ratterte es. Auf einmal wusste sie wieder, was ihr vorhin eingefallen war. »Meinen Sie …« Sie zögerte kurz, bevor sie weitersprach. »Meinen Sie, es könnte Brandstiftung gewesen sein?«
»Was?« Franzi riss die Augen auf und Marie schlug sich entsetzt die Hand vor den Mund.
Auch Kim wurde beinahe übel bei dem Gedanken, dass jemand das Feuer absichtlich gelegt haben könnte. Sie hoffte, der Kommissar würde ihren Verdacht mit einer wegwerfenden Handbewegung beiseitewischen, aber er war tief in Gedanken versunken und starrte mit gerunzelter Stirn zur Flüchtlingsunterkunft hinüber.
»Das lässt sich zum jetzigen Zeitpunkt noch nicht sagen«, meinte er schließlich. »Ich rede mal mit der Feuerwehr, vielleicht gibt es schon Informationen zur Brandursache. Du bleibst hier!« Er warf Leo einen scharfen Blick zu. »Wehe, du rührst dich auch nur einen Millimeter vom Fleck!« Der Kommissar tauchte unter der Absperrung durch und ging mit langen Schritten auf einen Feuerwehrmann zu.
»Brandstiftung?«, hauchte Marie. »Das wäre ja schrecklich!«
Kim nickte. »Aber ganz von der Hand zu weisen ist der Verdacht leider nicht.« Sie versuchte, einen kühlen Kopf zu bewahren, doch das war nicht so leicht. Die Gedanken schwirrten wie ein Schwarm aufgeschreckter Hornissen durch ihre Gehirnwindungen.
»Glaubst du«, begann Franzi, »es könnte jemand aus der Nachbarschaft gewesen sein?«

Kim schluckte. Ihr Blick fiel auf Frau Moser, die sie schon kannte, solange sie denken konnte. Als kleines Mädchen hatte sie den Zaun der Nachbarin mit Butterblumen geschmückt und dafür Kakao und Schokoladenkekse bekommen. Familie Rose wohnte zwar erst seit drei Jahren hier, aber sie waren immer supernett. Und sogar Herr Poschke hatte trotz seiner Meckerei auch freundliche Momente. Kim konnte sich einfach nicht vorstellen, dass einer ihrer Nachbarn ein Brandstifter war. Besser gesagt, sie *wollte* es sich nicht vorstellen.

»Ich weiß nicht, ob jemand aus der Straße so weit gehen würde.« Sie musterte unauffällig die Umstehenden. »Auch wenn ein paar Nachbarn die Flüchtlinge am liebsten wieder loswerden würden – ein Feuer zu legen ist etwas völlig anderes, als eine Nachbarschaftswache zu organisieren oder Unterschriften zu sammeln.«

Kommissar Peters kehrte zurück. »Der Brand ist so gut wie gelöscht. Glücklicherweise wurde er rechtzeitig entdeckt, sonst hätte leicht das ganze Haus abbrennen können.«

»Weiß man schon, ob es Brandstiftung war?«, fragte Kim.

Der Kommissar schüttelte den Kopf. »Die Brandursache muss erst gründlich untersucht werden. Sicher ist bisher nur, dass das Feuer auf dem Dachboden ausgebrochen ist.«

Kim atmete auf. Sie war froh, noch keine Gewissheit zu haben. Vielleicht stellte sich ja heraus, dass es einen ganz harmlosen Grund für das Feuer gab und niemand aus der Nachbarschaft etwas damit zu tun hatte. Alles andere wäre einfach nur schrecklich.

Herr Poschke tauchte neben Kommissar Peters auf. »Sie sind doch von der Polizei, oder?«, fragte er, ohne sich mit einer

Begrüßung aufzuhalten. »Ermitteln Sie wegen des Brandes?«
»Nein, ich bin in einer anderen Angelegenheit hier.« Der Kommissar trat dichter an Leo heran.
»Wie konnte das nur passieren?«, fragte Frau Moser. »Ein Feuer in unserer Straße, das gab es noch nie!«
»Bestimmt hat eins der Flüchtlingskinder gezündelt oder heimlich geraucht.« Herr Poschke warf Aveen und den anderen einen anklagenden Blick zu. »Die haben doch nichts als Flausen im Kopf! Wissen Sie eigentlich, was hier in letzter Zeit los war, Herr Wachtmeister?«
Kommissar Peters ließ sich von der falschen Anrede nicht aus der Ruhe bringen. »Sie werden es mir sicher gleich erzählen.«
»Unsere Mülltonnen wurden mehrmals umgekippt und die Vorgärten verwüstet.« Herr Poschke schnappte vor Empörung nach Luft. »Außerdem gab es einen Autoaufbruch und mein Wagen wäre sogar fast gestohlen worden. Aber davon wissen Sie ja sicher, schließlich habe ich die Polizei informiert. Und was ist passiert? Nichts! Der Täter läuft immer noch frei herum.«
»Die Kollegen sind Ihrer Anzeige bestimmt gründlich nachgegangen«, versicherte Kommissar Peters. »Doch wir leben nun mal in einem Rechtsstaat, in dem niemand ohne Beweise verurteilt werden darf.«
»Zum Glück!«, warf Franzi ein.
»Die Autoknacker sind übrigens gefasst«, informierte Kim ihren Nachbarn. »Die Flüchtlinge hatten nicht das Geringste damit zu tun.«
»Das kann ich bestätigen.« Kommissar Peters legte die Hand

wieder auf Leos Schulter, der sichtlich in sich zusammensackte. Er sah so aus, als würde er sich ganz weit wegwünschen.
»Und die Mülltonnen hat ein Waschbär umgekippt«, sagte Marie.
»Wie bitte?« Herr Poschke runzelte die Stirn.
»Ich hab ihn dabei gefilmt.« Kim schwenkte die Kamera. »Wenn Sie uns nicht glauben, kann ich Ihnen das Video gerne zeigen.«
»Sie sollten endlich damit aufhören, unschuldige Menschen zu verdächtigen.« Franzi stemmte die Hände in die Hüften. »Das wäre für alle das Beste.«
»Ich lasse mir von niemandem den Mund verbieten«, polterte Herr Poschke los. »Schon gar nicht von halbwüchsigen Gören!«
»Seien Sie lieber vorsichtig«, warnte Kommissar Peters. »Diese Mädchen sind erstklassige Detektivinnen. Ich würde mich nicht mit ihnen anlegen.« Er zwinkerte den drei !!! zu. »Ich verabschiede mich jetzt. Im Präsidium wartet noch jede Menge Arbeit.« Er schob Leo vor sich her zu seinem Wagen.
Herr Poschke öffnete den Mund, wahrscheinlich um weiterzuschimpfen, aber Kim kam ihm zuvor. Im Moment gab es wichtigere Dinge zu regeln.
»Wo schlaft ihr heute Nacht?«, fragte sie Aveen. »Ihr könnt doch nicht zurück in euer Haus.«
Aveen zuckte hilflos mit den Schultern. Ihre dunklen Augen sahen so traurig aus, dass Kim sie am liebsten in die Arme genommen hätte.
Falk kehrte von einem Gespräch mit der Einsatzleitung zu-

rück. »Der Brand ist endgültig gelöscht. Wir haben Glück im Unglück gehabt. Der Dachboden ist zwar ausgebrannt, aber in den anderen Zimmern gibt es nur Schäden durch Rauch und Löschwasser. In absehbarer Zeit ist das Haus allerdings nicht bewohnbar.«
Sabine stöhnte. »Verdammt! Dabei hatten wir gerade alles fertig eingerichtet. Wie sollen wir denn auf die Schnelle eine alternative Unterbringung für die Kinder finden?«
»Ich rufe bei den Kollegen vom Kinder- und Jugendnotdienst an«, sagte Falk. »Vielleicht gibt es dort noch freie Plätze.«
»Wir können gerne ein Kind aufnehmen«, bot Frau Jülich an. »Oder auch zwei.«
»Ehrlich?« Kim starrte ihre Mutter an.
»Warum denn nicht? Es ist doch selbstverständlich, dass man in einer Notsituation hilft. Außerdem steht das Gästezimmer sowieso leer. Natürlich nur, wenn es Ihnen recht ist.« Frau Jülich sah Falk und Sabine fragend an.
»Eigentlich müssen Gastfamilien erst vom Jugendamt geprüft werden.« Falk wechselte einen schnellen Blick mit Sabine. »Aber ich denke, in diesem Fall können wir das ausnahmsweise unbürokratisch regeln.«
»Genau«, sagte Sabine. »Sie können die notwendigen Papiere ja nachreichen. Es wäre eine große Hilfe, wenn ein oder zwei Kinder vorübergehend bei Ihnen unterkommen könnten.«
»Möchtest du bei uns wohnen, Aveen?«, fragte Kim.
Aveen nickte sofort. Ein kleines Lächeln huschte über ihr Gesicht.
»Oh nein, nicht noch ein Mädchen!« Ben verdrehte die Augen.

»Wir wollen einen Jungen!«, verlangte Lukas.
»Wie wär's mit Khaleed?«, schlug Kim vor. »Er könnte bei den Zwillingen schlafen und Aveen bekommt das Gästezimmer.«
»Gute Idee!« Frau Jülich nickte.
Falk und Sabine waren ebenfalls einverstanden. Khaleed sah verständnislos von einem zum anderen. Sabine erklärte ihm schnell, was sie besprochen hatten.
»Komm mit, wir zeigen dir unser Zimmer!« Lukas winkte Khaleed zu.
Khaleed zögerte. Er sah immer noch etwas ängstlich aus.
»Magst du Fußball?« Ben deutete mit dem rechten Fuß einen Schuss an und Khaleeds Miene hellte sich auf.
»Fußball! Ja!« Er löste sich von Sabine und rannte hinter den Zwillingen her.
»Ich denke, die drei werden gut miteinander auskommen.« Frau Jülich lachte. »Echte Fußballfans verstehen sich auch ohne viele Worte.«
Ein paar Nachbarn kamen auf Falk und Sabine zu.
»Wir könnten auch ein Kind aufnehmen«, sagte Frau Rose.
Frau Moser und einige andere boten ebenfalls ihre Gästezimmer an. Es dauerte nicht lange und alle Kinder hatten ein Nachtquartier gefunden.
»Das ist wirklich wahnsinnig nett von Ihnen!« Sabine lächelte in die Runde. »Ich bin ganz überwältigt von so viel Hilfsbereitschaft.«
»Wer hätte das gedacht?«, sagte Franzi leise.
Kim nickte. Ein warmes Gefühl stieg in ihr auf. Vielleicht wurde ja doch noch alles gut.

Fiese Falle

Am nächsten Tag klingelten Franzi und Marie pünktlich um drei Uhr bei Kim, um die weiteren Ermittlungsschritte zu besprechen.
»Wie geht es Aveen?«, erkundigte sich Marie. »Hat sie den Schock halbwegs verarbeitet?«
»Ich denke schon.« Kim führte ihre Freundinnen in die Küche. »Wir haben gestern alle noch lange zusammengesessen und geredet. Das hat Aveen und Khaleed gutgetan.«
»Wo stecken die beiden denn?«, fragte Franzi.
»Aveen ist noch in der Schule.« Kim holte drei Gläser aus dem Schrank und stellte sie auf den Küchentisch, wo schon ein Krug mit Traubensaftschorle bereitstand. »Khaleed spielt mit den Zwillingen Fußball.« Sie warf einen Blick aus dem Fenster. Die drei Jungs kickten mit Feuereifer den Ball durch den Garten und brüllten sich dabei Anweisungen auf Deutsch und Somali zu, die sie aber seltsamerweise alle drei zu verstehen schienen.
Marie grinste. »Fußball ist wirklich ein internationaler Sport.« Sie setzte sich an den Küchentisch.
»Khaleed ist ein riesengroßer Fußball-Fan.« Kim goss dunkelrote Schorle in die Gläser und nahm ebenfalls Platz. »Er hat uns gestern Abend erzählt, dass er in Somalia immer mit den anderen Kindern auf der Straße gekickt hat. Wenn ich das richtig verstanden habe, hatten sie nur einen selbst gebastelten Ball aus alten Stofffetzen. Als er den Lederball der Zwillinge gesehen hat, war er total begeistert.«

»Was wird denn jetzt aus Aveen, Khaleed und den anderen?«, erkundigte sich Franzi. »Können sie bald wieder zurück ins *Haus Heimathafen*?«
Kim schüttelte den Kopf. »Das wird noch eine Weile dauern. Das Haus muss erst renoviert werden. Sabine war vorhin hier und hat ein paar Klamotten für Aveen und Khaleed vorbeigebracht. Mama wäscht sie gerade, weil sie total nach Rauch gestunken haben. Sabine und Falk suchen jetzt nach Gastfamilien, bei denen die Kinder aus der Wohngruppe leben können, bis das Haus wieder bezugsfertig ist.« Kim trank einen Schluck Schorle.
»Die armen Kinder!« Marie strich sich nachdenklich eine Haarsträhne hinter das Ohr. »Sie haben schon so viel durchgemacht. Jetzt hatten sie endlich ein Zuhause gefunden und müssen schon wieder umziehen und sich auf neue Menschen und eine andere Umgebung einstellen.«
»Es ist ja nur vorübergehend«, sagte Kim. »Sabine und Falk suchen bestimmt nette Gastfamilien für die Kinder aus. Übrigens dürfen Aveen und Khaleed hierbleiben, bis sie nebenan wieder einziehen können. Ist das nicht super?« Sie strahlte über das ganze Gesicht.
»Klasse!« Franzi lächelte ebenfalls.
»Ein paar andere Nachbarn haben auch angeboten, die Kinder länger bei sich wohnen zu lassen«, erzählte Kim. »Sabine und Falk prüfen das gerade. Stellt euch vor, man muss sogar ein polizeiliches Führungszeugnis vorlegen, wenn man ein Kind aufnehmen will!«
»Sehr vernünftig«, sagte Marie. »Sonst könnte sich ja jeder beim Jugendamt melden!«

»Eure Nachbarn scheinen allmählich wieder zur Vernunft zu kommen«, stellte Franzi fest. »Finde ich nett, dass sie die Kinder noch länger aufnehmen.« Sie trank ebenfalls einen Schluck Schorle.

»Ich auch«, sagte Kim. »Zum Glück sind nicht alle wie Herr Poschke.«

Marie verzog das Gesicht. »Wir müssen übrigens noch klären, was wirklich in seiner Garage passiert ist. An dieser Geschichte mit dem angeblichen versuchten Autodiebstahl ist doch was faul, oder?«

»Hundertprozentig!« Franzi nickte eifrig. »Wir haben die Autoknacker geschnappt und den Waschbären entlarvt. Jetzt müssen wir nur noch beweisen, dass Khaleed kein Autodieb ist, und herausfinden, wer das Rosenbeet verwüstet hat.«

»Lasst uns mit Herrn Poschke anfangen«, schlug Kim vor. »Wir sollten ihm dringend ein bisschen auf den Zahn fühlen. Wie wär's, wenn wir ihm gleich einen kleinen Besuch abstatten?«

»Gute Idee.« Franzi trank ihre Schorle in einem Zug aus. »Je eher Khaleed entlastet wird, desto besser.«

Kurze Zeit später verließen die Detektivinnen das Haus. Draußen war es windig und kühl und Kim war froh, dass sie nur wenige Schritte zu laufen hatten. »Übrigens hab ich noch eine tolle Neuigkeit«, sagte sie, als sie auf den Bürgersteig trat. »Stellt euch vor, ich hab einen Platz für den Workshop bekommen!«

»Der Reportage-Workshop im Jugendzentrum?«, fragte Franzi.

Kim nickte. »Ist das nicht toll? Ich bin fast in die Luft gesprungen vor Freude, als ich die E-Mail vorhin gelesen habe.«

»Super!« Marie strahlte.

Franzi klopfte Kim auf die Schulter. »Ich war mir ganz sicher, dass du mitmachen darfst. Die wären schön blöd, wenn sie auf das beste Nachwuchstalent der Stadt verzichtet hätten.«

»Idiot!« Kim boxte Franzi scherzhaft in die Seite.

»Hey, das hab ich vollkommen ernst gemeint«, beschwerte sich Franzi und reagierte mit einer Kitzelattacke.

»Aufhören!«, japste Kim und versuchte, Franzis Angriffen auszuweichen. »Wir sind da.«

Franzi ließ von ihrer Freundin ab und schaute zum Haus des Nachbarn. »Sieht ja nicht besonders einladend aus.«

Heute war das Garagentor geschlossen und die Gardinen vor den Fenstern waren zugezogen. Am Gartentor hing ein Schild.

»*Vorsicht, bissiger Hund*«, las Franzi vor. Sie runzelte die Stirn. »Seit wann hat euer Nachbar denn einen Hund?«

»Er hat gar keinen.« Kim kicherte. »Herr Poschke hasst Hunde, er würde sich niemals einen anschaffen. Das Schild soll nur ungebetene Gäste abschrecken.«

»Sehr sympathisch«, murmelte Marie und öffnete das Gartentor.

Herr Poschke öffnete erst nach dem dritten Klingeln. »Was wollt ihr denn hier?«

»Dürfen wir kurz reinkommen?« Kim ging nicht auf seinen unfreundlichen Ton ein, sondern blieb betont höflich. »Wir haben ein paar Fragen.«

»Wenn es sein muss.« Der Nachbar schlurfte in karierten Pantoffeln ins Wohnzimmer. Die drei !!! folgten ihm.
Kim sah sich interessiert um. Sie war noch nie in Herrn Poschkes Haus gewesen, geschweige denn in seinem Wohnzimmer. Neben der schlammbraunen Polstergarnitur stand ein großer Flachbildfernseher. Über dem Sofa hing ein kleines Ölbild in einem goldenen Rahmen, das ein blühendes Usambaraveilchen zeigte. Die transparenten Sichtschutzgardinen vor den Fenstern sorgten dafür, dass niemand hereinschauen konnte. Auf den Fensterbänken standen Topfpflanzen in bunten Porzellanübertöpfen. Alles war ordentlich und sauber und ein leichter Duft nach Zitrone lag in der Luft. Kim tippte auf Raumspray.
Herr Poschke blieb mit verschränkten Armen vor einer Vitrine voller Pokale in verschiedenen Größen stehen.
»Haben Sie die alle gewonnen?« Franzi zeigte auf die goldenen und silbernen Trophäen.
Der Nachbar nickte. »Ist lange her. Früher war ich sehr sportlich. Heute leider nicht mehr so.« Er klopfte auf seinen stattlichen Bauch, der sich über dem Hosenbund wölbte.
»Welche Sportart?«, erkundigte sich Franzi.
»Tennis.« Herr Poschke zeigte stolz auf einen großen goldenen Pokal. »Stellt euch vor, ich war sogar deutscher Jugendmeister in meiner Altersklasse! Am liebsten hätte ich professionell Tennis gespielt. Mein Trainer meinte, ich hätte das Zeug dazu. Aber meine Eltern wollten, dass ich etwas Anständiges lerne, also bin ich Steuerberater geworden. Na ja, war vielleicht besser so.« Er zuckte mit den Schultern. »Meine Vorhand ist jedenfalls immer noch ziemlich gut.«

»Cool!« Franzi sah ehrlich beeindruckt aus. Da sie selbst sehr sportlich war, imponierten ihr Erfolge auf diesem Gebiet ganz besonders. »Ich skate, reite und jogge. Tennis hab ich noch nicht ausprobiert.«

»Das solltest du unbedingt nachholen«, empfahl Herr Poschke. »Tennis ist ein toller Sport!« Er wirkte jetzt längst nicht mehr so abweisend und bot den drei !!! mit einer ausladenden Handbewegung Platz an. »Setzt euch doch.«

»Wir wollen Sie wirklich nicht lange aufhalten«, versicherte Kim, während sie auf dem braunen Sofa Platz nahm. »Wir möchten Ihnen nur ein paar Fragen stellen.«

»Seid ihr tatsächlich Detektivinnen?« Herr Poschke kniff skeptisch die Augen zusammen.

»Allerdings.« Marie reichte ihm eine Visitenkarte. »Wir haben schon über sechzig Fälle erfolgreich gelöst.«

»Die Autoknacker haben wir übrigens auch gefasst«, fügte Franzi hinzu. »Es waren drei Jugendliche, die sich mit dem Verkauf der gestohlenen Sachen eine goldene Nase verdient haben.«

»Fast hätte ich es vergessen!« Kim schlug sich gegen die Stirn. »Ich soll euch von Kommissar Peters grüßen. Er hat vorhin angerufen und erzählt, dass die anderen beiden Täter heute Vormittag geschnappt wurden.«

»Super!«, freute sich Franzi.

»Das ging ja schnell«, stellte Marie fest.

»Die Polizei konnte die Jungs anhand unserer Videoaufnahme ohne größere Probleme identifizieren«, berichtete Kim. »Sie sind anscheinend keine unbeschriebenen Blätter. Leo ist da in ziemlich schlechte Gesellschaft geraten.«

»Ihr scheint ja gute Beziehungen zur Polizei zu haben.« Herr Poschke konnte nicht verbergen, dass er beeindruckt war.
»Kommissar Peters ist ein alter Freund von uns«, sagte Marie. »Wir arbeiten oft zusammen.« Die regelmäßigen Standpauken des Kommissars ließ sie lieber unter den Tisch fallen.
»Dieser Peters hält offenbar große Stücke auf euch.« Der Nachbar nickte den Mädchen zu. »Respekt! Es imponiert mir, wenn junge Menschen etwas Sinnvolles tun und nicht nur herumhängen und darauf warten, dass ihnen alles auf dem Silbertablett serviert wird.«
Kim hatte kein Lust, sich wieder einen Vortrag über die verdorbene heutige Jugend anzuhören, darum kam sie zum eigentlichen Thema zurück. »Wir fragen uns immer noch, was letzten Sonntag in Ihrer Garage geschehen ist.«
»Das habe ich doch alles schon der Polizei gesagt!«
»Würden Sie es uns bitte auch noch einmal erzählen?«, bat Marie. »Es gibt da ein paar Ungereimtheiten.«
Herr Poschke seufzte. »Ich hab Geräusche aus der Garage gehört. Als ich hineingegangen bin, um nach dem Rechten zu sehen, saß dieser Junge in meinem Wagen und wollte ihn klauen.«
»Wie kommen Sie darauf, dass Khaleed den Wagen stehlen wollte?«, fragte Kim.
»Er saß hinter dem Lenkrad! Reicht das nicht?«
»Nicht unbedingt. Soviel wir wissen, kann Khaleed gar nicht Auto fahren. Er ist erst neun Jahre alt.« Kim sprach schnell weiter, ehe ihr Nachbar wieder losschimpfen konnte. »Noch eine Sache ist mir nicht ganz klar: Warum waren die Garage und der Wagen nicht abgeschlossen?«

»Das … das muss ich wohl vergessen haben.«
»Ziemlich unvorsichtig«, stellte Marie fest. »Zumal Sie ja nach eigener Aussage auch den Zündschlüssel stecken gelassen haben.«
»Ja … manchmal bin ich leider etwas schusselig.« Herrn Poschkes Schnauzbart zuckte. Täuschte sich Kim oder wurde der Mann allmählich nervös? Das Kribbeln in ihrem Magen sagte ihr, dass sie auf der richtigen Spur waren.
»Wissen Sie, das verstehe ich einfach nicht.« Kim ließ Herrn Poschke nicht aus den Augen. »Seit Sie neben uns wohnen, hab ich Ihre Garage noch nie längere Zeit offen gesehen. Sie lassen das Tor immer sofort wieder herunter, wenn Sie mit Ihrem Wagen rein- oder rausfahren. Warum war die Garage ausgerechnet an diesem Tag geöffnet?«
»Keine Ahnung! Mir reicht es langsam mit der Fragerei. Ich bringe euch jetzt zur Tür.« Herr Poschke stützte sich mit beiden Händen auf den Armlehnen des Sessels ab, um sich zu erheben, aber Kim kam ihm zuvor. Sie beschloss, alles auf eine Karte zu setzen. Jetzt oder nie!
»Wissen Sie, was ich glaube?« Sie sah ihm direkt in die Augen. »Ich glaube, Sie lügen. Es war kein Zufall, dass die Garage letzten Sonntag offen war. Sie hatten alles genau geplant. Sie haben Khaleed in eine Falle gelockt.«
Marie und Franzi starrten Kim überrascht an. Sie warf ihnen einen schnellen Blick zu, der so viel bedeutete wie ›Lasst mich nur machen! Ich weiß, was ich tue‹.
Herr Poschke ließ sich mit einem schweren Seufzer zurück in den Sessel fallen. Eine Weile sagte er nichts. Die altmodische Wanduhr über dem Esstisch schlug vier Mal. Die Schlä-

ge dröhnten in der Stille des Wohnzimmers. Kim wartete, bis die Uhr verstummt war, bevor sie weiterredete.
»Sie sollten uns endlich die Wahrheit erzählen«, sagte sie eindringlich. »Bestimmt geht es Ihnen danach besser.« Ihr Blick fiel auf die Pokale in der Vitrine. »Sie sind doch Sportler! Sportler sollen sich immer fair verhalten. Was Sie getan haben, war aber überhaupt nicht fair.«
Der Nachbar nickte langsam. Er wirkte plötzlich alt und müde. Endlich begann er zu sprechen. »Du hast recht. Es war nicht fair. Es war tatsächlich so etwas wie eine Falle und der Junge ist hineingetappt.«
Kim hielt den Atem an. Endlich! Gleich würden sie erfahren, was wirklich geschehen war. »Sie haben die Garage also absichtlich offen gelassen?«
Erneutes Nicken. »Genauso wie mein Auto. Ich hatte sogar einen Köder auf dem Beifahrersitz platziert.«
»Was für einen Köder?«
»Eine alte Tasche, die ich mit Zeitungspapier ausgestopft hatte. Damit wollte ich die Autoknacker anlocken.«
»Sie dachten, es wären die Jugendlichen aus der Wohngruppe, oder?«
»Natürlich! Und dann kam dieser Junge vorbei. Er blieb vor der Garage stehen und sah mein Auto an.«
»Von wo aus haben Sie Khaleed beobachtet?«
»Ich hatte mich hinter einem Stapel Reifen versteckt. Nach einer Weile kam der Junge in die Garage, öffnete die Wagentür und stieg ein.«
»Hat er sich für die Tasche auf dem Beifahrersitz interessiert?«, fragte Marie.

»Nein.« Das schien Herrn Poschke erst jetzt aufzufallen. Er kratzte sich am Kopf. »Er hat die Tasche keines Blickes gewürdigt. Er saß einfach nur da, die Hände auf dem Lenkrad. Ich bin zum Wagen rüber, hab die Tür aufgerissen und den Bengel rausgeholt.«
»Sie waren ganz schön grob«, sagte Kim vorwurfsvoll. »Khaleed hat sich fast zu Tode erschreckt.«
»Ich dachte, er will mein Auto klauen!«, verteidigte sich Herr Poschke.
»Das hatte er aber gar nicht vor. Sie haben es ja mehr oder weniger darauf angelegt, dass er Ihre Garage betritt. Khaleed liebt Autos – ganz besonders, wenn sie rot sind. Kein Wunder, dass er Ihnen auf den Leim gegangen ist. Dabei wollte er nur wissen, wie es sich anfühlt, hinter dem Steuer zu sitzen. Es war ein Spiel, nichts weiter!« Kim atmete tief durch. Am liebsten hätte sie Herrn Poschke am Kragen gepackt und ordentlich durchgeschüttelt, so wie er es mit Khaleed gemacht hatte. Wie gemein, dem armen Jungen so eine fiese Falle zu stellen!
»Ich weiß, dass ich einen Fehler gemacht habe«, gab Herr Poschke zu. »Ich fühlte mich von der Polizei im Stich gelassen und wollte die Sache selbst in die Hand nehmen.«
»So was nennt man Selbstjustiz«, bemerkte Franzi. »Das ist strafbar.«
»Ach was, es ist doch gar nichts passiert!«
»Versuchen Sie nicht, die Sache zu verharmlosen!« Jetzt wurde es Kim wirklich zu bunt. »Seit Aveen, Khaleed und die anderen in unsere Straße gezogen sind, machen Sie Stimmung gegen sie. Dabei haben die Kinder niemandem etwas getan. Im Gegenteil, sie haben schreckliche Dinge erlebt und

sind nach Deutschland geflohen, um hier sicher und in Frieden leben zu können. Stattdessen werden sie beschimpft, verdächtigt und ihr Haus brennt ab.«

»Es könnte übrigens durchaus Brandstiftung gewesen sein«, bemerkte Marie. »Ihnen kam das Feuer doch bestimmt gelegen, oder? Schließlich wollen Sie die Flüchtlinge so schnell wie möglich wieder loswerden.«

»Mit dem Brand hab ich nichts zu tun!« Herr Poschke setzte sich kerzengerade hin. »Ich gebe zu, dass ich nicht begeistert war, als ich von der Flüchtlingsunterkunft in unserer Straße gehört habe. Und die Sache mit meinem Auto war auch nicht in Ordnung. Aber ich würde niemals ein Feuer legen und Menschenleben gefährden. Ich bin doch kein Krimineller!«

Kim seufzte. Sie mochte Herrn Poschke nicht besonders und hätte ihm liebend gern einen Denkzettel verpasst. Dummerweise glaubte sie ihm trotzdem. Er war zwar ein alter Meckerpott und hatte viele Vorurteile, aber ein Brandstifter war er nicht. »Sie sollten sich bei Khaleed entschuldigen«, sagte sie. »Das ist das Mindeste, was Sie für ihn tun können.«

»In Ordnung.« Herr Poschke nickte widerstrebend. »Auch wenn der Junge natürlich eine Mitschuld trägt. Er hätte meine Garage ja nicht zu betreten brauchen!«

Kim verkniff sich einen Kommentar und erhob sich. Sie hatten alles erfahren, was sie wissen wollten. Jetzt brauchte sie dringend frische Luft. Sie konnte den Zitronenduft nicht mehr ertragen. Genauso wenig wie Herrn Poschkes rotes Gesicht mit den kleinen Augen, in denen immer noch dieser selbstgerechte Ausdruck lag. Manche Leute schienen aus ihren Fehlern einfach überhaupt nichts zu lernen!

Vergraben

»Ich mach auf!«, rief Kim, als es an der Tür klingelte, und lief die Treppe hinunter. Bestimmt waren es Franzi und Marie. Sie wollten Kim abholen, damit sie gemeinsam zum Jugendzentrum fahren konnten. Es war Samstagnachmittag und in einer Stunde begann das erste Treffen des Reportage-Workshops. Kim war schon wahnsinnig gespannt, was sie dort erwarten würde. Ob dieser Sebastian Husmeier nett war? Hoffentlich hatte ihm die Idee mit der Flüchtlingsreportage gefallen …

»Ihr seid aber früh dran!«, rief Kim atemlos, während sie die Haustür aufriss. Sie stutzte. Es waren nicht ihre Freundinnen, die vor ihr standen.

»Guten Tag!«

»Herr Poschke!« Kim überlegte kurz, ob sie den Nachbarn genauso unfreundlich begrüßen sollte, wie er es vor zwei Tagen getan hatte, entschied sich dann aber dagegen. Im Gegensatz zu ihm hatte sie schließlich Manieren. »Möchten Sie hereinkommen?«

»Nein, danke.« Herr Poschke schüttelte den Kopf. »Ich wollte … na ja … ich wollte nur kurz mit dem Jungen reden. Und mich bei ihm entschuldigen.«

»Der Junge heißt Khaleed«, bemerkte Kim spitz. »Warten Sie hier, ich hole ihn.« Sie lief nach oben und klopfte an die Zimmertür der Zwillinge. »Khaleed? Da ist jemand für dich!«

Die drei Jungs saßen im Schneidersitz auf dem Teppich und

bastelten irgendetwas. Der Boden war übersät mit bunten Schnipseln, Stiften, Kleber und Papier. Lukas schnippelte mit einer Schere an einem gelben Zettel herum.
»Was macht ihr denn da?«, fragte Kim.
»Nichts!« Schnell schob Lukas den Zettel unter ein anderes Blatt.
»Das geht dich gar nichts an«, sagte Ben. »Jetzt haben wir auch mal ein Geheimnis und du darfst es nicht wissen, ätsch!«
Kim verdrehte die Augen. »Als ob mich eure Geheimnisse interessieren würden. Hauptsache, ihr stellt keinen Unsinn an.«
»Wir doch nicht!«, behauptete Lukas im Brustton der Überzeugung.
Er flüsterte Khaleed etwas zu und die Jungs grinsten einander verschwörerisch zu. Khaleed und die Zwillinge verstanden sich blendend und verbrachten fast jeden Nachmittag zusammen. Khaleed ging sogar mit zum Fußballtraining. Frau Jülich hatte mit dem Trainer der Zwillinge gesprochen, der sofort einverstanden gewesen war, dass der Junge mittrainierte. Khaleed war furchtbar stolz, in einem richtigen Verein zu spielen, und strengte sich wahnsinnig an, um seine Mannschaft nicht zu enttäuschen.
Kim sagte schnell noch ihrem Vater Bescheid, der gerade mit dem wöchentlichen Großputz im Badezimmer beschäftigt war, bevor sie nach unten zurückkehrte.
»Herr Poschke! Das ist ja eine Überraschung.« Herr Jülich war Kim gefolgt und begrüßte den Nachbarn deutlich reservierter als sonst. Mit seinen Vorurteilen und den ausländer-

feindlichen Sprüchen hatte er sich bei Kims Eltern ziemlich unbeliebt gemacht.
»Entschuldigen Sie bitte die Störung. Ich wollte nur …«
Der restliche Satz ging in einem ohrenbetäubenden Gepolter unter. Khaleed und die Zwillinge stürmten die Treppe hinunter und klangen dabei wie eine mittelgroße Elefantenherde. Pablo, der im Wohnzimmer vor sich hin gedöst hatte, schoss in den Flur und bellte aufgeregt. Khaleed lachte ausgelassen. Doch als er Herrn Poschke erblickte, verschwand der fröhliche Ausdruck von seinem Gesicht. Er blieb stehen und starrte den Nachbarn ängstlich an.
»Was will der denn hier?«, fragte Lukas feindselig. Er und Ben bauten sich schützend rechts und links von Khaleed auf.
»Herr Poschke will sich nur entschuldigen«, erklärte Kim. »Keine Sorge, Khaleed, er tut dir nichts, okay?«
Khaleed nickte langsam. Pablo, der die Angst des Jungen spürte, drückte sich an ihn und wedelte mit dem Schwanz. Khaleed legte die Hand auf Pablos weiches Fell. Die Berührung schien ihn zu beruhigen.
Herr Poschke blieb wie angewachsen auf der Türschwelle stehen. Er fühlte sich offenbar ziemlich unbehaglich. Wahrscheinlich hatte er nicht damit gerechnet, so viele Zuhörer zu haben.
Geschieht ihm recht, dachte Kim schadenfroh. Das nächste Mal überlegt er es sich hoffentlich zweimal, bevor er unschuldigen Kindern eine Falle stellt!
»Äh … ja … also …«, begann der Nachbar stockend. Er räusperte sich umständlich. »Ich wollte nur sagen … also … es tut mir leid. Ich hätte dir nicht so einen Schreck einjagen

dürfen.« Endlich sah er Khaleed an. »Ich habe da wohl etwas überreagiert.« Er verstummte.
Khaleed sagte keinen Ton und ein unangenehmes Schweigen breitete sich aus.
»Tja, wenn das alles wäre …«, sagte Herr Jülich, aber sein Nachbar unterbrach ihn.
»Noch nicht ganz! Vielleicht hat Khaleed ja Lust, eine Rundfahrt mit mir zu machen. Als kleine Entschädigung sozusagen. Mein Wagen steht direkt vor der Tür.« Er trat einen Schritt zur Seite, sodass man sein Auto sehen konnte, das an der Straße parkte.
Khaleed machte ein verwirrtes Gesicht. Wahrscheinlich hatte er nicht alles verstanden. Aber als sein Blick auf das rote Auto fiel, begannen seine Augen zu leuchten. Es war ein ganz normaler, gut gepflegter Mittelklassewagen, doch für Khaleed schien er mindestens so aufregend zu sein wie ein Porsche.
»Willst du mitfahren?«, fragte Herr Jülich. »Du musst nicht. Es ist ganz allein deine Entscheidung.«
Khaleed zögerte einen Moment. Sein Blick wanderte zwischen Herrn Poschke und dem Auto hin und her.
»Wir kommen auch mit!«, rief Lukas.
»Los, das wird lustig!« Ben griff nach Khaleeds Arm.
Die Begeisterung der Zwillinge wirkte ansteckend. Khaleed gab sich einen Ruck und rannte mit seinen Freunden hinaus. Pablo folgte ihnen bellend.
»Moment mal …«, rief Herr Poschke, aber Lukas hatte bereits die hintere Wagentür geöffnet. Die Jungs kletterten auf den Rücksitz und Pablo quetschte sich auch noch mit hinein.

»Kann losgehen!«, rief Lukas.
Kim unterdrückte ein Lachen. Herrn Poschkes fassungsloser Miene war anzusehen, dass er sich die Aktion etwas anders vorgestellt hatte. Vermutlich bekam er allein von dem Gedanken an schmutzige Kinderschuhe und Hundehaare auf seinen sauberen Bezügen Herzrasen.
»Es macht Ihnen doch nichts aus, die Zwillinge mitzunehmen, oder?«, fragte Herr Jülich. Seine Stimme klang vollkommen ernst, aber in seinen Augen lag ein vergnügtes Funkeln. »Pablo sollte allerdings lieber hierbleiben. Ihm wird beim Autofahren schnell schlecht und Sie wollen sicher nicht, dass er sich auf Ihrer Rückbank übergibt.«
Herr Poschke schluckte. »Nein, natürlich nicht.«
»Pablo!«, rief Herr Jülich. »Komm zu Herrchen!«
Widerwillig sprang der Hund aus dem Auto und trabte in den Vorgarten.
Auf Herrn Poschkes Gesicht erschien ein gequältes Lächeln. »Na, dann wollen wir mal!« Mit schweren Schritten marschierte er über den Gartenweg und stieg in sein Auto.
»Bis später!«, rief Herr Jülich.
Als der Wagen losfuhr, sausten Franzi und Marie auf ihren Fahrrädern um die Ecke. Sie bremsten vor dem Gartentor und sahen dem Auto nach.
»Ich komme!« Kim schlüpfte in ihre Jacke, griff nach dem Rucksack, der schon fertig gepackt im Flur stand, und drückte ihrem Vater einen schnellen Kuss auf die Wange. »Bin zum Abendessen wieder da.«
»Viel Spaß!«, wünschte Herr Jülich.
Kim holte ihr Fahrrad und begrüßte ihre Freundinnen.

»Sag mal, war das gerade Herr Poschke?«, fragte Franzi verwundert. »Mit den Zwillingen und Khaleed?«
Kim nickte.
»Wo wollen die denn hin?« Marie runzelte die Stirn.
»Kleine Spritztour.« Kim grinste. »Nenn es ausgleichende Gerechtigkeit.« Sie erzählte von Herrn Poschkes Besuch.
»Wie schön, dass er sich bei Khaleed entschuldigt hat«, sagte Franzi.
»Ja, vielleicht kommt er allmählich doch noch zur Vernunft.« Kim wollte gerade auf ihr Rad steigen, da fiel ihr Blick auf Pablo. Er buddelte mit den Vorderpfoten in Frau Jülichs Blumenbeet, dass die Erde nach allen Seiten flog. »Aus, Pablo!«, rief Kim, doch der Hund reagierte nicht.
»Was macht er da?«, fragte Marie.
Kim lehnte ihr Rad gegen den Zaun. »Keine Ahnung. Vielleicht hat er dort irgendetwas versteckt. Mama rastet aus, wenn er ihre Herbstastern kaputt macht.« Sie lief zum Beet und griff nach Pablos Halsband. »Lass das, Pablo! Jetzt reicht's aber!«
Der Hund hatte innerhalb kürzester Zeit ein tiefes Loch gegraben. Er steckte die Schnauze hinein und schnupperte. Dann holte er etwas heraus.
»Igitt!« Marie verzog das Gesicht. »Was ist das?«
»Ein Knochen!« Franzi lachte. »Wahrscheinlich hat Pablo ihn selbst dort vergraben. Hunde legen sich gerne kleine Vorratslager an, für schlechte Zeiten sozusagen.«
»Heißt das, Pablo bekommt nicht genug zu fressen?«, fragte Kim. »Wir füttern ihn doch zweimal am Tag!«
»Das hat damit nichts zu tun«, erklärte Franzi. »Das Vergra-

ben der Beute ist eine Art Urtrieb. Früher, als Hunde noch im Rudel in der Wildnis gelebt haben, war es überlebenswichtig, versteckte Vorräte zu haben.« Als Tochter eines Tierarztes kannte Franzi sich gut mit Tieren und ihren Gewohnheiten aus.

Pablo legte sich auf den Rasen und nagte hingebungsvoll an dem schmutzigen Knochen.

»Moment mal …« Marie betrachtete nachdenklich das Beet. Dann zog sie ihr Handy hervor und scrollte durch die Fotos. »Seht mal!« Sie hielt Franzi und Kim das Display hin. »Das ist Frau Mosers Rosenbeet. Fällt euch was auf?«

Kim nickte. »Die Löcher sehen genauso aus wie das hier. Meinst du, Pablo hat Frau Mosers Beet verwüstet?«

»Warum nicht?« Marie steckte das Handy wieder ein. »Es wäre schließlich nicht das erste Mal, dass er aus eurem Garten ausbüxt, oder?«

»Vielleicht hat er nach einem guten Platz für etwas gesucht, das er verstecken wollte«, vermutete Franzi. »Hunde sind da sehr erfinderisch.«

Kim warf einen schnellen Blick auf die Uhr. »Wir haben noch etwas Zeit. Am besten, wir überprüfen das sofort.«

»Wie denn?«, fragte Franzi.

»Ich hab schon eine Idee«, sagte Kim. »Aber dafür brauchen wir Pablos Hilfe.« Sie pfiff nach dem Hund, der sich jedoch nur äußerst ungern von seinem Leckerbissen trennte. »Komm schon, Pablo, jetzt kannst du beweisen, wie gut deine Spürnase ist!«

Widerwillig erhob sich der Hund und folgte Kim nach einem letzten sehnsüchtigen Blick auf den Knochen.

Die Detektivinnen gingen zu Frau Moser. Die Nachbarin harkte gerade das welke Laub von ihrem Rasen und füllte es in einen großen Plastiksack. David, der Junge aus Sierra Leone, der seit dem Brand bei ihr wohnte, hielt den Sack auf.
»Hallo, Frau Moser! Hallo, David!«, grüßte Kim. »Wir haben einen Verdacht, wer Ihr Rosenbeet verwüstet haben könnte. Dürfen wir kurz etwas ausprobieren?«
Die Nachbarin stützte sich überrascht auf ihren Rechen. »Natürlich! Wir sind hier sowieso gleich fertig. Zu zweit geht es viel schneller. David ist eine große Hilfe. Gestern hat er Rasen gemäht und wir haben gemeinsam die Blumen auf der Terrasse umgetopft.« Sie lächelte ihm zu. »Du hast wirklich einen grünen Daumen, Junge! Gleich mache ich uns einen schönen heißen Tee und wir essen den Marmorkuchen, den ich vorhin gebacken habe.«
»Super!« David freute sich sichtlich auf den Kuchen.
Kim grinste in sich hinein. Kaum zu glauben, dass Frau Moser noch vor Kurzem Unterschriften gesammelt hatte, damit die Flüchtlingskinder anderswo untergebracht wurden. Es schien wirklich zu stimmen, was Kommissar Peters gesagt hatte: Wenn man das Fremde kennenlernte, hatte man keine Angst mehr davor. David war für Frau Moser jetzt kein anonymer Flüchtling mehr, sondern ein Junge, der einen grünen Daumen hatte und gern Marmorkuchen aß.
»Seht euch das an!« Franzi zeigte auf Pablo, der zielsicher zum Rosenbeet gelaufen war und eifrig zwischen den Tannenzweigen herumschnupperte. »Er hat Witterung aufgenommen.«
»Hab ich's mir doch gedacht!«, murmelte Kim. »Darf ich mal

kurz?« Sie griff nach dem Spaten, der neben Frau Moser in der Erde steckte, und ging zum Rosenbeet. »Such, Pablo, such!« Der Hund winselte aufgeregt. Seine Nase zuckte und er scharrte mit den Vorderpfoten.

»Halt! Das mache ich.« Kim schob die Tannenzweige beiseite und stach den Spaten in die Erde. Vorsichtig begann sie zu graben.

»Was soll das?«, fragte Frau Moser.

»Wir vermuten, dass Pablo hier etwas versteckt haben könnte«, erklärte Kim. »Keine Sorge, Ihren Rosen passiert nichts.«

Pablo wurde immer aufgeregter. Bellend sprang er um Kim herum.

Marie grinste. »Klingt fast so, als würde er dich anfeuern.«

»Ganz ruhig, mein Süßer!« Franzi hockte sich neben den Hund und streichelte ihn. »Was hast du denn Schönes versteckt?«

Es dauerte nicht lange, bis Kim auf etwas Hartes stieß. »Ich glaube, da ist was!« Sie kniete sich neben das Loch und zögerte kurz, ehe sie hineingriff. Zu blöd, dass sie keine Handschuhe dabeihatte! Was, wenn sie gleich einen vergammelten Knochen in der Hand hielt? Oder einen toten Maulwurf? Etwas huschte über ihre Finger und Kim schrie auf.

»Was ist?«, fragte Marie alarmiert.

»Nichts.« Kim verzog das Gesicht. »Wahrscheinlich nur irgendein Käfer. Moment, ich hab's gleich!« Ihre Fingerspitzen ertasteten etwas Rundes. Kim nahm all ihren Mut zusammen, griff zu und zog den Gegenstand aus dem Loch.

»Ein Ball!«, rief Franzi überrascht. Pablo bellte zustimmend und wedelte mit dem Schwanz.

Kim wischte die dunkle Erde ab. Darunter kam ein kleiner roter Gummiball zum Vorschein. »Der gehört den Zwillingen«, stellte sie fest. Pablo beschnupperte den Ball und stupste Kim mit der Schnauze an. »Nein, ich will jetzt nicht mit dir spielen.« Sie stand auf und hielt den Ball hoch. »Das ist der Beweis! Pablo hat die Löcher in Ihrem Rosenbeet gegraben, weil er sein Spielzeug verstecken wollte.«
»Na, so was!« Frau Moser schüttelte den Kopf. »Wer hätte das gedacht?«
»Entschuldigen Sie bitte.« Kim warf Pablo einen strengen Blick zu. »Wird nicht wieder vorkommen. In Zukunft passen wir besser auf Pablo auf.«
»Nicht so schlimm.« Die Nachbarin winkte lächelnd ab. »Ich bin froh, dass es eine harmlose Erklärung für den Vorfall gibt. Danke, dass ihr der Sache nachgegangen seid. Darf ich euch vielleicht eine Tasse Tee und ein Stück Marmorkuchen anbieten?«
»Das ist sehr nett, aber wir haben gleich noch was vor.« Kim sah auf die Uhr. »Himmel, so spät schon! Wir müssen uns beeilen.« Sie drückte Franzi den Ball in die Hand und wollte nach dem Spaten greifen, um das Loch im Rosenbeet wieder zuzuschaufeln, aber David kam ihr zuvor.
»Ich kann das machen«, bot er an.
»Echt? Super! Danke, David.« Kim pfiff nach Pablo. Gleich begann der Workshop im Jugendzentrum. Wenn sie nicht zu spät kommen wollte, musste sie sich beeilen.

Willkommen daheim

Detektivtagebuch von Kim Jülich
Sonntag, 11:02 Uhr
Nun ist es schon acht Tage her, dass wir Pablo überführt haben. Ausgerechnet unser Hund hat Frau Mosers Rosenbeet verwüstet – wie peinlich! Zum Glück war unsere Nachbarin nicht sauer. Die Zwillinge und Khaleed haben mit Papa Zimtschnecken gebacken (nach Frau Winklers Rezept) und sie Frau Moser als Entschuldigung vorbeigebracht. Damit war die Sache wieder in Ordnung.
Es gibt übrigens eine tolle Neuigkeit: Vorhin hat Kommissar Peters angerufen und endlich bestätigt, dass das Feuer im Haus Heimathafen *KEINE Brandstiftung war!!! Der Brand wurde durch einen Kurzschluss ausgelöst. Puh, ich bin total erleichtert! Es wäre schrecklich gewesen, wenn einer unserer Nachbarn ein Brandstifter gewesen wäre, der in Kauf nimmt, Menschenleben zu gefährden.*
Jetzt haben wir alles aufgeklärt:

1. *Die Autos wurden von Leo und seinen beiden Kumpels aufgebrochen. Alle drei wurden gefasst.*
2. *Für die umgekippten Mülltonnen ist der Waschbär verantwortlich. Er konnte leider nicht verhaftet werden und treibt weiterhin sein Unwesen ☺. Gestern hab ich ihn bei Einbruch der Dunkelheit durch unseren Garten huschen sehen. Ich bin gespannt, ob er sich dauerhaft in unserem Viertel niederlässt.*
3. *Die Löcher in Frau Mosers Rosenbeet hat Pablo gebuddelt.*

Die Zwillinge haben versprochen, ab sofort besser auf ihn aufzupassen, damit er nicht mehr so viel Quatsch machen kann. Ich bin mir allerdings nicht sicher, ob das wirklich klappt …

4. *Der versuchte Diebstahl von Herrn Poschkes Auto war in Wirklichkeit gar kein Diebstahl, sondern eine fiese Falle, die unser Nachbar den Flüchtlingskindern gestellt hat.*
5. *Das Feuer im* Haus Heimathafen *wurde weder von zündelnden Kindern noch von einem Brandstifter gelegt, sondern durch einen Kurzschluss ausgelöst.*

ERGEBNIS: *Aveen, Khaleed und die anderen sind ABSOLUT unschuldig. Sie haben NICHTS mit den merkwürdigen Vorkommnissen zu tun und sind NICHT kriminell.*

Endlich ist wieder Ruhe in unserer Straße eingekehrt. Zwischen den Kindern aus der Wohngruppe und ihren Gastfamilien sind sogar richtige Freundschaften entstanden. Die Nachbarschaftswache wurde aufgelöst und es ist keine Rede mehr davon, dass die Flüchtlinge verschwinden sollen. Im Gegenteil, Papa und ein paar andere Nachbarn helfen sogar bei den Renovierungsarbeiten, damit die Kinder so schnell wie möglich wieder in ihr Haus ziehen können. In ein paar Wochen soll es so weit sein. Sabine und Falk haben versprochen, dass es ein großes Einweihungsfest für alle Nachbarn geben soll. Ich freu mich schon darauf!

Schade nur, dass Aveen und Khaleed dann nicht mehr bei uns wohnen. Die Zwillinge bringen Khaleed fleißig Deutsch bei, die drei sind dicke Kumpels geworden. Aveen schmökert sich durch mein Bücherregal. Sie ist beinahe eine noch größere Leseratte als ich (und das will schon was heißen …)! Inzwischen liest sie auch

total gerne Krimis, was ich natürlich super finde ☺. Ihr Deutsch ist inzwischen so gut, dass sie nicht mehr in die Sprachlernklasse zu gehen braucht. Seit einer Woche besucht sie eine ganz normale Klasse der Georg-Lichtenberg-Gesamtschule. Jetzt können wir morgens zusammen zur Schule fahren, ist das nicht praktisch?
Heute Nachmittag wollen Marie, Franzi und ich ihr das Café Lomo *zeigen. Mal sehen, wie ihr unser Lieblingscafé gefällt! Ob ihr der* Kakao Spezial *genauso gut schmeckt wie uns?*

Geheimes Tagebuch von Kim Jülich
Sonntag, 11:47 Uhr
Weiterlesen verboten! Legt euch lieber nicht mit Kim, der Super-Detektivin, an! Ich überführe nicht nur Autoknacker, Hunde und Waschbären, sondern auch neugierige Brüder, die ihre Nase in Angelegenheiten stecken, die sie nichts angehen!
Ich bin so froh, dass ich einen Platz im Reportage-Workshop bekommen habe. Sebastian Husmeier, der Journalist, der den Workshop leitet, ist total nett. Er ist noch ziemlich jung und wir dürfen ihn duzen. Außerdem kennt er sich super aus und hat schon eine Menge Reportagen geschrieben. Ein paar hat er uns kopiert, damit wir sie zu Hause lesen können. Echt cool! Beim ersten Treffen hat jeder Teilnehmer sein Reportage-Thema vorgestellt. Sebastian hat meine Idee mit den Flüchtlingen vor allen anderen gelobt. Ich bin knallrot geworden und hatte plötzlich richtig Herzklopfen. Peinlich! Natürlich nur, weil ich so aufgeregt war.
Obwohl … Hier kann ich es ja schreiben, denn dieses Tagebuch ist ABSOLUT GEHEIM: Ich finde Sebastian irgendwie ganz

süß. Okay, okay, ich weiß, er ist eigentlich zu alt für mich. Aber wenigstens ist er nicht so kindisch wie die Jungs aus meiner Klasse, die sich nur für Fußball interessieren und ständig peinliche Witze reißen.
Morgen ist endlich das zweite Workshop-Treffen, ich freu mich schon total! ❤

P. S.: Übrigens hab ich gestern eine kleine Nachtschicht eingelegt und Ella im Bann des Bösen *zu Ende geschrieben. Die Geschichte ist richtig schön gruselig geworden! Genau das Richtige für Halloween …*

An einem Sonntag im November war es endlich so weit. Die Renovierungsarbeiten im *Haus Heimathafen* waren abgeschlossen und die Bewohner hatten zur großen Einweihungsparty eingeladen.
»Bist du traurig, dass Aveen und Khaleed jetzt wieder in die Wohngruppe gezogen sind?«, fragte Franzi, als sie neben Kim und Marie über den Gartenweg lief. Die Fassade des Nachbarhauses erstrahlte in neuem Glanz. Sie war zartgelb gestrichen und die dunkelroten Fensterrahmen bildeten einen hübschen Kontrast dazu. Im Vorgarten türmten sich noch Schutt- und Sandhügel. Der Rasen war von Reifenspuren der Baufahrzeuge durchzogen, die tiefe Furchen im weichen Boden hinterlassen hatten.
Kim seufzte. »Ja, irgendwie schon. Ich hatte mich richtig an die beiden gewöhnt. Zu siebt ist alles viel lustiger. Nicht nur die Mahlzeiten und Familienausflüge, sogar das Abwaschen macht mehr Spaß!«

»Kann ich mir vorstellen«, sagte Marie. »Je mehr Leute, desto besser! Bei uns ist auch immer was los. So wird es wenigstens nicht langweilig.« Marie sprach aus Erfahrung. Ihre Patchwork-Familie bestand nicht nur aus ihrem Vater, Tessa und Finn, auch ihre Stiefschwester Lina lebte in der großen Villa im Ostviertel. Und natürlich Sami, der süße Au-pair-Junge.

»Aveen und Khaleed wohnen ja gleich nebenan«, tröstete Franzi ihre Freundin. »Ihr könnt euch sehen, sooft ihr wollt.«

»Zum Glück!« Kim lächelte. »Aveen und ich werden uns sowieso regelmäßig treffen, weil ich ja meine Reportage über sie schreibe.«

»Wie geht es denn voran?«, erkundigte sich Marie.

»Super! Ich hab sie schon mehrmals interviewt. Aveen hat mir ausführlich von ihrer Heimat Syrien, ihrer Familie und ihrer Flucht erzählt.« Ein Schatten huschte über Kims Gesicht. »Das ist teilweise ganz schön heftig.«

»Umso wichtiger, dass du darüber schreibst«, sagte Franzi. »Je mehr Menschen wissen, was die Flüchtlinge durchgemacht haben, desto besser. Vielleicht hilft das, ein paar Vorurteile abzubauen.« Sie drückte auf den Klingelknopf.

Sabine öffnete die Tür. »Hallo, ihr drei! Schön, dass ihr da seid.« Sie umarmte die Mädchen. »Kommt rein!«

»Ich hab ein paar Zimtschnecken von meiner Mutter mitgebracht.« Franzi zog eine Dose aus ihrem Rucksack.

»Toll, danke! Stell sie am besten gleich aufs Buffet.« Sabine führte die Detektivinnen ins Wohnzimmer, in dem sich bereits einige Gäste versammelt hatten.

»Wow, das ist ja superschön geworden!« Marie sah sich beeindruckt um. Der Raum war frisch tapeziert und in einem zarten Maigrün gestrichen. Der Parkettboden war abgeschliffen worden und glänzte honigfarben. Vor dem Fenster stand ein schickes Lounge-Sofa, das mit vielen Kissen dekoriert war und zu kuscheligen Lesestunden einlud.

»Stellt euch vor, das Sofa wurde von einem Möbelhaus gespendet«, erzählte Sabine. »Der Besitzer hatte in der Zeitung von dem Brand gelesen und wollte uns und den Kindern helfen. Ist das nicht nett? Und die Gardinen hat Frau Rose für uns genäht.« Sie zeigte auf die grün-weiß gemusterten Vorhänge, die farblich perfekt zur Farbe der Wände passten.

»Sieht toll aus!« Kim winkte ein paar Nachbarn zu. Frau Moser saß auf dem Sofa und unterhielt sich angeregt mit Kims Mutter. Herr Jülich war in ein Gespräch mit Falk und David vertieft. Familie Rose hatte am Esstisch Platz genommen. Kalle und Frieda stopften Muffins und Gummibärchen in sich hinein, während ihre Eltern Kuchen aßen. Über der Stuhllehne der Nachbarin hing ihre rote Handtasche. Das Geld, das Marie für die Tasche ausgegeben hatte, hatte sie inzwischen von Frau Rose zurückbekommen. Aveen schenkte Kaffee aus. Sie winkte den drei !!! zu.

»Bedient euch!« Sabine deutete auf das Buffet, das neben dem Esstisch aufgebaut war. »Ich hoffe, ihr habt Hunger mitgebracht! Alle haben etwas beigesteuert. Es ist mehr als genug da.«

»Danke!« Franzi stellte die Dose mit den Zimtschnecken zu den anderen Sachen. »Das sieht ja super aus.«

»Allerdings.« Kim lief beim Anblick all der Leckereien das Wasser im Mund zusammen. Es gab Marmorkuchen,

Kirschkuchen und eine Käse-Sahne-Torte, Kürbis-Muffins, Walnuss-Brownies, eine große Schale mit Gummibärchen, Schokoküsse, Käsewürfel, Weintrauben, einen Topf mit Hummus und frisch geröstetes Fladenbrot, das herrlich duftete. »Hast du den Hummus wieder selbst gemacht?«, fragte sie, als Aveen mit der Kaffeekanne vorbeikam.

Aveen nickte. »Und das auch.« Sie deutete auf zwei Teller.

»Was ist das?«, erkundigte sich Franzi.

»Maamoul und Ghraibeh«, erklärte Aveen. »Maamoul sind mit Datteln gefüllte Kekse. Ghraibeh sind syrische Butterkekse mit Pistazien. Schmeckt gut zu arabischem Mokka. Wollt ihr?« Sie schwenkte die Kanne.

»Nein, danke. Aber die Kekse muss ich unbedingt probieren.« Kim nahm sich einen syrischen Butterkeks und biss genüsslich hinein. »Himmlisch! So weich und süß!«

»Wie gefällt es dir in deiner neuen Klasse?«, fragte Marie. »Hast du dich schon eingewöhnt?«

»Ja, die anderen Schüler sind sehr nett. Aber ich muss viel arbeiten. Deutsch ist schwer und Mathe auch.«

»Du schaffst das schon«, sagte Kim zuversichtlich. »Und wenn nicht, helfe ich dir.«

»Danke! Wollt ihr gleich mein Zimmer sehen? Ich koche nur schnell neuen Mokka. Solange könnt ihr etwas essen.«

Damit war Kim mehr als einverstanden. Sie beschloss, erst die Zimtschnecken und den Marmorkuchen zu probieren, um sich dann über die Gummibärchen und Schokoküsse zum Hummus mit geröstetem Fladenbrot durchzuarbeiten.

»Was treiben die Jungs eigentlich da draußen?« Franzi sah mit gerunzelter Stirn aus dem Fenster.

Kim folgte ihrem Blick. Khaleed, Ben und Lukas schlichen in gebückter Haltung durch den Garten und versteckten sich immer wieder hinter Bäumen oder Büschen. Es sah ziemlich merkwürdig aus. Sie zuckte mit den Schultern. »Keine Ahnung. Wahrscheinlich spielen sie *Räuber und Gendarm* oder so was.«

»Schau mal, wer da ist!« Marie nickte zur Tür.

»Guten Tag allerseits!« Herr Poschke blieb auf der Schwelle stehen. Er wirkte etwas verlegen.

Sabine, die sich gerade zu Frau Moser und Frau Jülich gesetzt hatte, erhob sich und ging auf ihn zu. »Herzlich willkommen!«, sagte sie freundlich.

In diesem Moment flog die Terrassentür auf und die Jungs stürmten ins Wohnzimmer.

»Wir haben Hunger!«, verkündete Lukas.

»Lecker, Kuchen!«, rief Ben.

Die Zwillinge drängelten sich an Kim und Franzi vorbei zum Buffet.

Khaleed hatte Herrn Poschke entdeckt und strahlte ihn an. Seit er in seinem Auto mitgefahren war, hatte er den Nachbarn ins Herz geschlossen. Was offenbar auf Gegenseitigkeit beruhte.

»Hallo, Khaleed! Ich hab dir etwas mitgebracht.« Herr Poschke reichte dem Jungen lächelnd eine mit Gummiband umwickelte Rolle. »Für dein neues Zimmer.«

Khaleed machte das Gummiband ab und entrollte ein Poster, auf dem ein roter Sportwagen abgebildet war. »Ein Porsche!«, rief er begeistert.

»Das ist ein Porsche 944, ein älteres Modell mit Frontspoi-

ler«, stellte Ben fachmännisch fest, bevor er sich eine Handvoll Gummibärchen in den Mund stopfte.
»Das Poster wird sicher einen Ehrenplatz in Khaleeds Zimmer bekommen«, sagte Sabine. »Vielen Dank.«
»Ist doch nicht der Rede wert.« Herr Poschke räusperte sich umständlich. »Ich bin dem Jungen schließlich etwas schuldig.« Er ließ sich von Sabine zum Buffet führen und begutachtete die Kuchenauswahl.
»Sag mal, was habt ihr da eigentlich?« Kim betrachtete die gelben Anstecker, die die Zwillinge und Khaleed an der Jacke trugen.
»Haben wir selbst gebastelt.« Stolz hielt Lukas seiner Schwester den Anstecker hin, damit sie lesen konnte, was in krakeliger Schrift darauf stand:

»Die drei Superhelden?« Kim runzelte die Stirn. »Das ist hoffentlich ein Scherz, oder?«
Ben schüttelte heftig den Kopf. »Nein! Wir haben jetzt einen eigenen Detektivclub und lösen lauter spannende Fälle.«

Franzi grinste. »Ach ja? In was für einem Fall ermittelt ihr denn gerade?«
»Wir wollen den Waschbären fangen, der draußen immer …«, begann Lukas, aber Ben boxte ihn in die Seite.
»Das ist streng geheim!«, verkündete er. »Über unsere Ermittlungen dürfen wir nicht sprechen.« Er grinste seinem Bruder und Khaleed verschwörerisch zu.
Kim verdrehte die Augen. »Na toll! Jetzt kriegen wir Konkurrenz von drei Knirpsen, die nicht mal richtig schreiben können. *Detektive* schreibt man übrigens ohne ›h‹, ihr Superhelden.«
»Na und? Ist doch egal!« Lukas holte ein Heft hervor, das mit bunten Superman- und Spiderman-Aufklebern verziert war. »Das ist unser streng geheimes Superhelden-Detektiv-Tagebuch. Da schreiben wir alles rein, was für unsere Ermittlungen wichtig ist.«
»Zeig mal her!« Kim wollte nach dem Heft greifen, aber Lukas zog es schnell weg.
»Hast du Tomaten auf den Ohren? Das Heft ist STRENG GEHEIM! Darin darf niemand lesen – nur wir!« Lukas steckte das Heft wieder ein.
»Genau! Bald haben wir bestimmt mehr Fälle gelöst als ihr und dann kommen wir in die Zeitung und werden berühmt!«, rief Ben.
»Jetzt müssen wir weiterermitteln. Bis später!« Lukas schnappte sich schnell noch ein großes Stück Marmorkuchen, dann rannten die Jungs wieder hinaus.
Die drei !!! sahen ihnen kopfschüttelnd nach und setzten sich neben Familie Rose an den Esstisch.

»Was soll man jetzt davon halten?«, fragte Franzi.
»Gar nichts!« Kim biss in ihre Zimtschnecke. »Das Detektivspielen wird ihnen bestimmt bald langweilig und wir haben wieder unsere Ruhe. *Die drei Superhelden* – wenn ich das schon höre!« Sie schnaubte empört. »Lächerlich!«
»Wer weiß?« Marie grinste. »Wir sollten die drei lieber im Auge behalten. Nicht dass sie uns wirklich noch Konkurrenz machen.«
»Ach was, das darf man nicht so ernst nehmen«, sagte Franzi. »Ich find's witzig, dass sie uns nachmachen. Ist doch irgendwie auch ein Kompliment, oder?«
»Also, auf solche Komplimente kann ich gut verzichten«, murmelte Kim. Während sie ihre Zimtschnecke aufaß, hörte sie mit halbem Ohr zu, wie sich Frau Rose und Sabine über Kalles Schwierigkeiten bei der Kindergarteneingewöhnung unterhielten. »Wie gefällt es Finn eigentlich inzwischen im Waldkindergarten?«, erkundigte sie sich.
»Super!« Marie goss sich eine Tasse Tee ein, der in einer Warmhaltekanne auf dem Tisch stand. »Er ist ein richtiger kleiner Waldschrat geworden. Morgens kann er es kaum erwarten, dass Sami ihn endlich hinbringt, und mittags hat er jede Menge Blätter, Kastanien und Steine in seinem Rucksack, die er großzügig an alle Familienmitglieder verschenkt.«
»Süß!« Franzi lachte.
»Und wie läuft es mit Sami?«, fragte Kim.
»Was meinst du?« Marie tat so, als hätte sie keine Ahnung, wovon Kim sprach.
»Das weißt du ganz genau! Waren deine Flirtversuche inzwischen erfolgreich?«

Marie seufzte. »Wenn du es genau wissen willst: Nein, waren sie nicht. Sami ist wirklich eine harte Nuss. Ich hab verschiedene Flirtstrategien ausprobiert, aber ich kann einfach nicht bei ihm landen.«
»Wer hätte das gedacht?« Franzi grinste. »Es gibt also tatsächlich einen Jungen, der sich nicht sofort von unserer Flirtkönigin um den Finger wickeln lässt.«
»Erst war ich ja etwas beleidigt«, gab Marie zu.
»Und jetzt?«, fragte Kim.
Marie zuckte mit den Schultern. »Jetzt hab ich Samis Einstellung akzeptiert. Wir sind trotzdem gute Freunde und werden es hoffentlich auch bleiben.«
»Irgendwelche Neuigkeiten von Holger?«, erkundigte sich Franzi.
Marie schüttelte traurig den Kopf.
»Kein Wunder, ihr hattet ja auch verabredet, eine Weile keinen Kontakt mehr zu haben.« Kim leckte sich ein paar Zimtkrümel von den Fingern.
»Muss er sich deswegen so konsequent daran halten?«, brauste Marie auf. »Ich hoffe, es fällt ihm wenigstens genauso schwer wie mir. Aber wahrscheinlich ist er total glücklich mit dieser blöden Selma und denkt überhaupt nicht mehr an mich.«
Franzi legte die Hand auf Maries Arm. »Wenn er kein völliger Idiot ist, wird er schon noch merken, was er an dir hat.«
Kim beschloss, lieber das Thema zu wechseln, um Marie von ihrem Liebeskummer abzulenken. »Die Zimtschnecken deiner Mutter schmecken himmlisch, Franzi«, stellte sie fest. »Wie weit ist sie denn mit den Plänen für ihr Bauernhof-Café? Gibt es schon einen Termin für die Eröffnung?«

Franzi schüttelte den Kopf. »Noch nicht. Wenn alles glattläuft, will sie irgendwann im nächsten Frühjahr starten. Aber bis dahin gibt es noch eine Menge zu tun. Momentan ist sie gerade dabei, alle Genehmigungen einzuholen und den Papierkram zu erledigen.«

»Falls wir irgendwie helfen können, sag Bescheid«, bot Marie an. »Ich kann auf jeden Fall in meiner Klasse und bei all meinen Bekannten Werbung machen, wenn es so weit ist.«

»Ich auch«, fügte Kim hinzu.

»Danke, das ist lieb von euch«, sagte Franzi.

Aveen trat an den Esstisch. »Wollen wir in mein Zimmer gehen? Ich hab eine Überraschung für euch.« Sie lächelte geheimnisvoll.

»Das klingt ja spannend.« Kim steckte sich schnell noch einen Schokokuss in den Mund, dann folgten die drei !!! Aveen in den ersten Stock.

»Hier wohne ich!« Stolz präsentierte Aveen ihr Reich. Das Zimmer war mit einem Bett, einem Schrank und einem Schreibtisch eingerichtet. Auf dem Schreibtisch türmten sich Bücher, Hefte und Mappen, die Wände hingegen waren noch etwas kahl.

»Schön«, sagte Kim. »Ist doch toll, dass ihr jetzt wieder hier einziehen konntet, oder?« Sie ließ sich auf der Bettkante nieder.

Aveen nickte. »Aber etwas anderes ist noch viel toller.« Sie griff nach dem Foto ihrer Eltern, das auf dem Nachttisch an einem Bücherstapel lehnte. »Meine Eltern haben sich gemeldet. Sie leben!«

»Was?« Kim sprang auf. »Ehrlich? Seit wann weißt du es?«

»Seit gestern!« Aveen hatte vor Aufregung rote Wangen. »Sie haben bei Verwandten in Syrien angerufen. Die haben ihnen gesagt, wo ich bin, und ihnen die Nummer vom *Haus Heimathafen* gegeben. Gestern Abend hat das Telefon geklingelt und meine Mutter war dran. Ich konnte mit ihr und meinem Vater sprechen!«

»Das gibt's ja nicht!« Kim umarmte Aveen. »Ich freu mich total für dich!«

»Wahnsinn!« Franzi schüttelte den Kopf. »Wo sind sie denn?«

Aveen löste sich von Kim. »Sie sind noch in Griechenland. Meine Eltern sind nicht im Meer ertrunken, sondern an den Strand geschwommen, so wie ich. Sie wurden festgenommen und in ein Haftlager gebracht. Nach ein paar Wochen kamen sie raus und haben mich gesucht. Aber ich war nicht mehr da. Sie dachten, ich bin tot. Bis sie bei meinem Onkel in Syrien angerufen haben.«

»Kommen sie jetzt auch nach Deutschland?«, fragte Marie.

»Ich hoffe es.« Aveen betrachtete zärtlich das Foto. »Der Weg ist weit, aber sie versuchen es. Ich warte auf sie.«

»Das sind richtig gute Neuigkeiten.« Franzi drückte Aveens Arm.

»Darauf müssen wir anstoßen!«, rief Marie. »Bin gleich wieder da.« Sie verschwand und kehrte mit einem Tablett zurück, auf dem vier Gläser frisch gepresster Orangensaft standen. Die Mädchen bedienten sich.

»Auf Aveen und ihre Eltern«, sagte Kim.

»Auf eine glückliche Zukunft für alle Flüchtlinge«, fügte Franzi hinzu.

»Darauf, dass alle Menschen friedlich zusammenleben«, sagte Marie, »ganz egal, woher sie kommen.«

»Auf den Frieden«, sagte Aveen feierlich. »Und auf unsere neue Heimat.«

Klirrend stießen die Gläser gegeneinander. Kim sah in Aveens strahlende Augen und ihr wurde ganz warm. Es gab so vieles, worüber sie sich freuen konnte. Über den gelösten Fall, den Platz im Workshop, ihre tolle Familie und die beiden besten Freundinnen der Welt. Aber am meisten freute sie sich darüber, dass Aveen endlich wieder glücklich war.